BIBLIOTECA DE BOLSILLO

El acoso

ALEJO CARPENTIER nació en La Habana en 1904, hijo de un arquitecto francés establecido en las Antillas dos años antes. En 1921 abandonó los estudios de arquitectura y se dedicó profesionalmente al periodismo, integrándose al entonces llamado «Grupo Minorista». En 1924 fue nombrado director de la revista *Carteles*. Encarcelado por motivos políticos bajo el machadato, comenzó a escribir *Ecue-Yamba-O*. Este mismo año participó en la fundación de la revista *Avance*. En 1928 se embarcó clandestinamente para Francia, en la que permaneció hasta 1939. De regreso a Cuba consiguió un trabajo en la radio. Viajó a distintos países de América y se estableció en Venezuela desde 1945 hasta 1959, fecha en que regresó a Cuba, donde dirigió la Editora Nacional. Desde fines de 1966 residió en París, donde ejerció un importante cargo diplomático, hasta su muerte en 1980. Carpentier ha publicado los libros de ficción *Ecue-Yamba-O, El reino de este mundo* (1949; Seix Barral, 1969 y 1983), *Los pasos perdidos* (1953), *Guerra del tiempo* (1956), *El acoso* (1958), *El siglo de las luces* (1952; Seix Barral, 1966 y 1983), *El recurso del método* (1974), *Concierto barroco* (1974), *La consagración de la primavera* (1978) y *El arpa y la sombra* (1979).

Alejo Carpentier

El acoso

BIBLIOTECA DE BOLSILLO

Cubierta: Miguel Parreño y Pedro Romero

Segunda edición en
Biblioteca de Bolsillo:
mayo 1992

Córcega, 270 - 08008 Barcelona

ISBN: 84-322-3048-0

Depósito legal: B. 20.935 - 1992

Impreso en España

1992. — Talleres Gráficos DUPLEX, S. A.
Ciudad de Asunción, 26 - 08030 Barcelona

I

"Sinfonia Eroica, composta per festeggiare il souvvenire di un grand'Uomo, e dedicata a Sua Alteza Serenissima il Principe di Lobkowitz, da Luigi Van Beethoven, op 53, No III delle Sinfonie..." Y fue el portazo que le quebró, en un sobresalto, el pueril orgullo de haber entendido aquel texto. Luego de barrerle la cabeza, los flecos de la cortina roja volvieron a su lugar, doblando varias páginas al libro. Sacado de su lectura, asoció ideas de sordera —el Sordo, las inútiles cornetas acústicas...— a la sensación de percibir nuevamente el alboroto que lo rodeaba. Sorprendidos por el turbión, los espectadores dispersos en la gran escalinata regresaban al vestíbulo, riendo y empujando a los hacinados que se llamaban a voces por entre los hombros desnudos, rodeados de una lluvia que demoraba en el acunado de los toldos para volcarse, como a baldazos, sobre peldaños de granito. A pesar de que estuviese sonando la segunda llamada, permanecían todos allí, enracimados, por respirar el olor a mojado, a verde de álamos, a gramas regadas, que refrescaba los rostros sudorosos, mezclándose con alientos de tierra y de cortezas cuyas resquebrajaduras se cerraban al cabo de larga sequía. Después del sofocante anochecer, los cuerpos estaban como relajados, compartiendo el alivio de las plantas abiertas entre las pérgolas del parque. Las platabandas, orladas de bojes, despedían vahos de campo recién arado. "El tiempo está bueno para lo que yo sé" —murmuró alguno, mirando a la mujer que se adosaba a la reja de la contaduría, de perfil oculto por el pelaje de un zorro, y que no parecía considerar como hombre a quien estaba detrás, ya que acababa de desceñirse de la molestia de una prenda muy íntima —no le importaba, evidentemente, que él lo viera— con gesto preciso y desenfadado. "Detrás de una reja como los monos" —decían los acomodadores en burla de aquel taquillero distinto a todos los demás taquilleros, que permanecía hasta el final de los conciertos, cuando le estaba permitido marcharse después del arqueo de las diez— aunque el Reglamento especificara: "Media hora antes de la terminación del espectáculo." Quiso humillar a la del zorro, haciéndole comprender que la había visto, y, con mañas de contador, hizo correr un puñado de monedas sobre el angosto mármol del despacho. La otra, asomando el perfil, le miró las manos suspendidas sobre dineros —nunca le miraban sino las manos— y volvió a hacer el gesto. Tal impudor era prueba de su inexistencia para las mujeres que llenaban aquel vestíbulo tratando de permanecer donde un espejo les devolviera la imagen de sus peinados y atuendos. Las pieles, llevadas por tal calor, ponían alguna humedad en los cuellos y los escotes, y, para aliviarse de su peso, las dejaban resbalar, colgándoselas de codo a codo como espesos festones de venatería. La mirada huyó de lo cercano inalcanzable. Más allá de las carnes, era el parque de columnas abandonadas al chaparrón, y más allá del parque, detrás de los portales en sombras, la casona del Mirador —antaño casa-quinta rodeada de pinos y cipreses, ahora flanqueada por el feo edificio moderno donde él vivía, debajo de las últimas chimeneas, en el cuarto de criadas cuyo tragaluz se pintaba, como una geometría más, entre los rombos, círculos y triángulos de una decoración abstracta. En la mansión, cuya materia vieja, desconchada sobre vasos y balaustres, conservaba al menos el prestigio de un estilo, debía estarse velando a un muerto, pues la azotea, siempre desierta por demasiado sol o demasiada noche, se había visto abejeada de sombras hasta el retumbo del primer trueno. Contemplaba con ternura, desde abajo, aquel piso destartalado, caído en descuido de pobres, tan semejante a las mal alumbradas viviendas de su pueblo, donde el encenderse de las velas por una muerte, entre paredes descascaradas y jaulas envueltas en manteles, equivalía a una suntuaria iluminación del tabernáculo, en medio de muebles cuya pobreza se acrecía, junto al relumbrante enchapado de los candelabros. Por una velada se tenían pompas, bajo el tejado de los goterones, con presencias de la plata y el bronce, solemnidad de dignatarios enlutados, y altas luces que demasiado mostraban, a veces, las telarañas tejidas entre las vigas o las pardas arenas de la carcoma. (Luego, los que, como él, estaban estudiando algún instrumento, tenían que explicar al vecindario que el repaso de los ejercicios no significaba una transgresión del luto, y que el aprendizaje de la "música clásica" era compatible con el dolor sentido por la muerte de un pariente...) "En aquellos días oculta a los hombres su enfermedad; vive a solas con sus demonios: el amor herido, la esperanza y el dolor." Si estaba ahí, trepado en el taburete, adosado a la cortina de damasco raído, en aquella contaduría del ancho de una gaveta, era por alcanzar el entendimiento de lo grande, por admirar lo que otros cercaban con puertas negadas a su pobreza. Esa conciencia le devolvía su orgullo frente a las espaldas muelles, como presionadas por pulgares en los omóplatos, que la mujer apoyaba, bajado el zorro, en los delgados barrotes, tan al alcance de su mano. "«El valor que me poseía a menudo, en los días del estío, ha desaparecido» —escribe en el Testamento. Y es el frío de la fosa y el olor de la Nada. En la casa perdida de Heiligenstadt, en esos días sin luz, Beethoven aúlla a muerte..." Había vuelto a la lectura del libro, sin pensar más en los que rebrillaban por sus joyas y almidones, yendo de los espejos a las columnas, de la escalinata a las liras y sistros del grupo escultórico, en aquel intermedio demasiado prolongado por el Maestro, que todavía hacía repasar a los cornos el trío del "Scherzo", levantando sonatas de montería en los trasfondos del escenario. "Detrás de una reja como los monos." Pero él, al menos, sabía cómo el Sordo, un día, luego de romper el busto de un Poderoso, le había clamado a la cara: "¡Príncipe: lo que sois, lo sois por la casualidad del nacimiento; pero lo que soy, lo soy por mí!" Si hacía tal oficio, en las noches, era por llegar a donde jamás llegarían los alhajados, los adornados, que nunca le miraban sino las manos movidas sobre el mármol del despacho. La mujer se apartó de la reja, de pronto, volviendo a subirse la piel. Alzando el vocerío de los últimos diálogos, todos se apresuraban, ahora, en volver a la sala cuyas luces se iban apagando desde arriba. Los músicos entraban en la escena, levantando sus instrumentos dejados en las sillas; iban a sus altos sitiales los trombones, erguíanse los fagotes en el centro de las afinaciones dominadas por un trino agudo; los oboes, probadas sus lengüetas con mohínes golosos, demoraban en pastoriles calderones. Se cerraban las puertas, menos la que quedaría entornada hasta el primer gesto del director, para que los morosos pudieran entrar de puntillas. En aquel instante, una ambulancia que llegaba a todo rodar pasó frente al edificio, ladeándose en un frenazo brutal. "Una localidad" —dijo una voz presurosa. "Cualquiera" —añadió impaciente, mientras los dedos deslizaban un billete por entre los barrotes de la taquilla. Viendo que los talonarios estaban guardados y que se buscaban llaves para sacarlos, el hombre se hundió en la oscuridad del teatro, sin esperar más. Pero ahora llegaban otros dos, que ni siquiera se acercaron a la contaduría. Y como se cerraba la última puerta, corrieron adentro, perdiéndose entre los espectadores que buscaban sus asientos en la platea. "¡Eh!" —gritó el de las rejas: "¡Eh!" Pero su voz fue ahogada por un ruido de aplausos. Frente a él quedaba un billete nuevo, arrojado por el impaciente. Debía tratarse de un gran aficionado, aunque no tuviera cara de extranjero, ya que la audición de una Sinfonía, ejecutada en fin de concierto, le había merecido un precio que era cinco veces el de la butaca más cara. De ropas muy arrugadas, sin embargo: como de gente que piensa; un intelectual, un compositor, tal vez. "Pero el hombre que agoniza oye, de repente, una respuesta a su imploración. Desde el fondo de los bosques que lo rodean, donde duerme, bajo la lluvia de octubre, la futura Pastoral, responde a la llamada del Testamento, el sonido de las trompas de la Eroica..." Aquel dinero, con su consistencia de papel secante, apretado y tibio, parecía hincharse en la mano que le latía. Un puente apartaba las rejas, atravesaba las paredes, se alargaba hacia la que esperaba —no podía pensarla sino "esperando"— en la penumbra de su comedor adornado de platos, con aquel perezoso gesto, muy suyo, que le llevaba de las sienes a los pechos, de las corvas a la nuca —y lo dejaba descansar luego en el regazo— el abanico que tenía alientos de sándalo en la armadura de los calados. La mujer del entreacto, con su gesto; el pelaje fosco sobre la piel sudorosa; los hombros que se repartían, a tanteos, el frescor de los barrotes de metal, lo habían enervado. Pero aún podía volver el espectador presuroso a reclamar su parte de lo arrojado al mármol con largueza de gran señor —la Biografía, de páginas abiertas, le había enseñado, por lo demás, a desconfiar de Príncipes y Grandes Señores. Un gesto resignado, muy distinto del que debió ser gesto de júbilo al cabo de la larga preparación, de la ansiosa espera, apartó la cortina de damasco que lo separaba de la sala, donde el silencio había inmovilizado a los músicos en posición de ataque. "Sinfonia Eroica composta per festeggiare il souvvenire di un grand'Uomo." Sonaron dos acordes secos y cantaron los violoncellos un tema de trompa, bajo el estremecimiento de los trémolos. "Hay tres estados de este principio en los apuntes coleccionados por Nottebohem" —decía el libro. Pero el libro quedó cerrado de un manotazo. El lector husmeaba el olor a tierra, a hojas, a humus, que entraba en el desierto vestíbulo, recordándole los traspatios de su pueblo, después de la lluvia, cuando las bateas apretaban las duelas bajo el regodeo de los patos que se holgaban en el agua turbia. Así también olía —luego de los chubascos del verano— el cobertizo de los trastos, donde, subido en una incubadora inservible, mirando por el hoyo de un ladrillo caído, había contemplado tantas veces el baño de la Viuda, endurecida en lutos de nunca acabar, cuyo cuerpo era tan liso aún, bajo la enjabonadura que le demoraba en el vientre y se le escurría lentamente, en espumas, a lo largo de los muslos, hacia piernas que se le tornaban de vieja, repentinamente, al bajar de las rodillas. El había conocido el secreto de ese pecho terso, de ese talle arqueado, como hecho todavía para brazos de hombre, entre una voz regañona y ácida, cansada de dar clases a los niños del vecindario, y unos tobillos descarnados por el siempre andar en lo mismo. Ahora, el recuerdo de quien le hubiera enseñado el solfeo no hacía tanto tiempo, mientras él, midiendo el compás, le detallaba lo oculto bajo telas vueltas a ser teñidas de negro, se añadía a las incitaciones de la noche, acabando de vencer sus escrúpulos. Nadie, aquí, podría jactarse de haberse acercado a la Sinfonía con mayor devoción que él, al cabo de semanas de estudio, partitura en mano, ante los discos viejos que todavía sonaban bien. Aquel director de reciente celebridad no podía dirigirla mejor que el insigne especialista de sus placas —el mismo que había conocido, entonces, estudiante, ella nonagenaria, a una corista del estreno de la "Novena". Podía arrogarse la facultad de no escuchar lo que sonaba en aquel concierto, sin faltar a la memoria del Genio. "Letra E" —dijo, al advertir que se alzaba una tenue frase de flautas y primeros violines. Y bajó la escalinata a todo correr, salpicado por una lluvia que rebotaba en el pesado herraje de los faroles. Hasta el lanudo hedor de su ropa mojada se le hacía deleitoso, íntimo, cómplice, de pronto, por sentirse poseedor de aquel billete que lo haría dueño de la casa sin relojes— de puertas cerradas, aunque tocaran y llamaran —por una noche entera. Y luego del despertar juntos, oyendo el alboroto de los canarios, sería el último retozo en la cocina; la lumbre prendida bajo los jarros del desayuno con el abanico oloroso a sándalo, y el sabor de las galletas que deslizaban al alba por la boca del buzón —donde las guardaba calientes el sol que daba a la casa de enfrente, por sobre la India empenachada de la panadería.

(…Ese latido que me abre a codazos; ese vientre en borbollones; ese corazón que se me suspende, arriba, traspasándome con una aguja fría; golpes sordos que me suben del centro y descargan en las sienes, en los brazos, en los muslos; aspiro a espasmos; no basta la boca, no basta la nariz; el aire me viene a sorbos cortos, me llena, se queda, me ahoga, para irse luego a bocanadas secas, dejándome apretado, plegado, vacío; y es luego el subir de los huesos, el rechinar, el tranco; quedar encima de mí, como colgado de mí mismo, hasta que el corazón, de un vuelco helado, me suelte los costillares para pegarme de frente, abajo del pecho; dominar este sollozo en seco; respirar luego, pensándolo; apretar sobre el aire quedado; abrir a lo alto; apretar ahora; más lento: uno, dos, uno, dos, uno, dos… Vuelve el martilleo; lato hacia los costados; hacia abajo, por todas las venas; golpeo lo que me sostiene; late conmigo el suelo; late el espaldar, late el asiento, dando un empellón sordo con cada latido; el latido debe sentirse en la fila entera; pronto me mirará la mujer de al lado, recogiendo su zorro; me mirará el hombre de más allá; me mirarán todos; de nuevo el pecho en suspenso; arrojar esta bocanada que me hincha las mejillas, que está detenida. Alcanzado en la nuca, se vuelve el que tengo delante; me mira; mira el sudor que me cae del pelo; he llamado la atención; me mirarán todos; hay un estruendo en el escenario, y todos atienden al estruendo. No mirar ese cuello: tiene marcas de acné; había de estar ahí, precisamente —único en toda la platea—, para poner tan cerca lo que no debe mirarse, lo que puede ser un Signo; lo que los ojos tratarán de esquivar, pasando más arriba, más abajo, para acabar de marearse; apretar los dientes, apretar los puños, aquietar el vientre —aquietar el vientre—, para detener ese correrse de las entrañas, ese quebrarse de los riñones, que me pasa el sudor al pecho; una hincada y otra; un embate y otro, apretarme sobre mí mismo, sobre los desprendimientos de dentro, sobre lo que me rebosa, bulle, me horada; contraerme sobre lo que taladra y quema, en esta inmovilidad a que estoy condenado, aquí, donde mi cabeza debe permanecer al nivel de las demás cabezas; creo en Dios Padre Todopoderoso, Creador del Cielo y de la Tierra, y en Jesucristo su único hijo, Nuestro Señor, que fue concebido por obra del Espíritu Santo y nació de Santa María Virgen, padeció bajo el poder de Poncio Pilato, fue crucificado, muerto y sepultado; descendió a los infiernos, y al tercer día resucitó de entre los muertos... No podré luchar mucho más; tiemblo de calor y de frío; agarrado de mis muñecas, las siento palpitar como las aves desnucadas que arrojan al suelo de las cocinas; cruzar las piernas, peor; es como si el muslo alto se derramara en mi vientre; todo se desploma, se revuelve, hierve, en espumarajos que me recorren, me caen por los flancos, se me atraviesan, de cadera a cadera; borborigmos que oirán los otros, volviéndose, cuando la orquesta toque más quedo; creo en Dios Padre Todopoderoso, Creador del Cielo y de la Tierra; creo, creo, creo. Algo se aplaca, de pronto. "Estoy mejor; estoy mejor; estoy mejor"; dicen que repitiéndolo mucho, hasta convencerse... Lo que bullía parece aquietarse, remontarse, detenerse en alguna parte; debe ser efecto de esta posición; conservarla, no moverse, cruzar los brazos; la mujer hace un gesto de impaciencia, poniendo el zorro en barrera; su cartera resbala y cae; todos se vuelven; ella no se inclina a recogerla; creen que soy yo el del ruido; me miran los de delante; me miran los de detrás; me ven amarillo, sin duda, de pómulos hundidos, la barba me ha crecido en estas últimas horas; me hinca las palmas de las manos; les parezco extraño, con estos hombros mojados por el sudor que vuelve a caerme del pelo, despacio, rodando por mis mejillas, por mi nariz; mi ropa, además, no es de andar entre tantos lujos. "Salga de aquí" —me dirán—, "está enfermo, huele mal"; hay otro gran estrépito en el escenario; todos vuelven a atender al estrépito... Debo vigilar mi inmovilidad; poner toda mi fuerza en no moverme; no llamar la atención; no llamar la atención, por Dios; estoy rodeado de gente, protegido por los cuerpos, oculto entre los cuerpos; de cuerpo confundido con muchos cuerpos; hay que permanecer en medio de los cuerpos; después, salir con ellos, lentamente, por la puerta de más gente; el programa sobre la cara, como un miope que lo estuviera leyendo; mejor si hay muchas mujeres; ser rodeado, circundado, envuelto... ¡Oh! esos instrumentos que me golpean las entrañas, ahora que estoy mejor; aquel que pega sobre sus calderos, pegándome, cada vez, en medio del pecho; esos de arriba, que tanto suenan hacia mí, con esas voces que les salen de hoyos negros; esos violines que parecen aserrar las cuerdas, desgarrando, rechinando en mis nervios; esto crece, crece, haciéndome daño; suenan dos mazazos; otro más y gritaría; pero todo terminó; ahora hay que aplaudir... Todos se vuelven, me miran, sisean, llevándose el índice a los labios; sólo yo he aplaudido; sólo yo; de todas partes me miran; de los balcones, de los palcos; el teatro entero parece volcarse sobre mí. "¡Estúpido!" La mujer del gorro también dice "estúpido" al hombre de más allá; todos repiten: "estúpido, estúpido, estúpido"; todos hablan de mí; todos me señalan con el dedo; siento esos dedos clavados en mi nuca, en mis espaldas; yo no sabía que aplaudir aquí estaba prohibido; llamarán al acomodador: "Sáquenlo de aquí; está enfermo, huele mal; mire cómo suda..." La orquesta vuelve a tocar; algo grave, triste, lento. Y es, la extraña, sorprendente, inexplicable sensación de conocer "eso" que están tocando. No comprendo como puedo conocerlo; nunca he escuchado una orquesta de éstas, ni entiendo de músicas que se escuchan así —como aquel, de los ojos cerrados; como aquellos, de las manos cogidas— como si se estuviera en algo sagrado; pero casi podría tararear esa melodía que ahora se levanta, y marcar el compás de ese detenerse y adelantar un pie y otro pie, lentamente, como si fuera caminando, y entrar en algo donde domina aquel canto de sonido ácido, y luego la flauta, y después esos golpes tan fuertes, como si todo hubiera acabado para volver a empezar. "¡Qué bella es esta marcha fúnebre!" —dice la mujer del zorro al hombre de más allá. Nada sé de marchas fúnebres; ni puede ser bella ni agradable una marcha fúnebre; tal vez haya oído alguna, allá, cerca de la sastrería, cuando enterraron al negro veterano y la banda escoltaba el armón de artillería, con el tambor mayor andando de espaldas: ¿y se visten, se adornan, sacan sus joyas, para venir a escuchar marchas fúnebres...? Pero ahora recuerdo; sí, recuerdo; recuerdo. Durante días he escuchado esta marcha fúnebre, sin saber que era una marcha fúnebre; durante días y días la he tenido al lado, envolviéndome, sonando en mi sueño, poblando mis vigilias, contemplando mis terrores; durante días y días ha volado sobre mí, como sombra de mala sombra, actuando en el aire que respiraba, pesando sobre mi cuerpo cuando me desplomaba al pie del muro, vomitando el agua bebida. No pudo ser una casualidad; estaba "eso" en la casa de al lado, porque Dios quiso que así fuera; no eran manos de hombre, las que ponían ahí, tan cerca, esa música de cortejo al paso, de tambores sordos, de figuras veladas; era

Dios en lo "después", como en la leña sin prender está el fuego antes de ser el fuego; Dios, que no perdonaba, que no quería más plegarias, que me volvía las espaldas cuando en mi boca sonaban las palabras aprendidas en el libro de la Cruz de Calatrava; Dios, que me arrojó a la calle y puso a ladrar un perro entre los escombros; Dios, que puso aquí, tan cerca de mi rostro, el cuello con las horribles marcas; el cuello que no debe mirarse. Y ahora se encarna en los instrumentos que me obligó a escuchar, esta noche, conducido por los truenos de su Ira. Comparezco ante el Señor manifiesto en un canto, como pudo estarlo en la zarza ardiente; como lo vislumbré, alumbrado, deslumbrado, en aquella brasa que la vieja elevaba a su cara. Sé ahora que nunca ofensor alguno pudo ser más observado, mejor puesto en el fiel de la Divina Mira, que quien cayó en el encierro, en la suprema trampa —traído por la inexorable Voluntad a donde un lenguaje sin palabras acaba de revelarle el sentido expiatorio de los últimos tiempos. Repartidos están los papeles en este Teatro, y el desenlace está ya establecido en el "despues" —"hoc erat in votis!"—, como está la ceniza en la leña por prender... No mirar ese cuello; no mirarlo; fijar la vista en un punto del piso; en una mancha de la alfombra; en el pandero que adorna, arriba, el marco del escenario; Dios Padre, Creador de los Cielos, ten misericordia de mí; no te he invocado en vano; sabes como yo te pensaba en mis clamores; aún confío en tu Misericordia, aún confío en tu infinita Misericordia; he estado demasiado lejos de ti, pero sé que a menudo ha bastado un segundo de arrepentimiento —el segundo de nombrarte— para merecer un gesto de tu mano, aplacamiento de tormentas, confusión de jaurías... Ha concluido la marcha fúnebre, repentinamente, como quien, luego de recibir un ruego, una imploración, responde con un simple "¡Sí!", que hace inútiles otras palabras. Y esto fue cuando decía que confiaba en su Misericordia. Silencio. Tiempo de aplacamiento, de reposo. Silencio que el director alarga, con la cabeza gacha, caídos los brazos, para que algo perdure de lo transcurrido. Ya no laten tanto mis venas, ni mi respiración es dolor. Esta vez no se me ocurrió aplaudir... "A ver como suena el..." (¿qué?) —dice la mujer del zorro, sin mirar siquiera el programa. Una palabra que no oí bien. Comprendo ahora por qué los de la fila no miran sus programas; comprendo por qué no aplauden entre los trozos; se tienen que tocar en su orden, como en la misa se coloca el Evangelio antes del Credo, y el Credo antes del Ofertorio; ahora habrá algo como una danza; luego, la música a saltos, alegre, con un final de largas trompetas como las que embocaban los ángeles del órgano de la catedral de mi primera comunión; serán quince, acaso veinte minutos; luego aplaudirán todos y se encenderán las luces. Todas las luces.)

La casa estaba tibia aún de una presencia muy reciente que demoraba en el desorden de la cama rodeada de colillas de papel de maíz. "Espera" —dijo ella, yéndose a cambiar la sábana y manotear las almohadas. (Los canarios, dormidos en la jaula: olor a plumas, alpiste y migajones. El perro, que asoma el hocico, soñoliento, acostumbrado a no ladrar. La mancha de humedad, en la pared, que tenía algo de mapa borroso. Las vigas, en rojo oscuro, arriba, remedando las imitaciones de caoba de los salones pueblerinos. El cubo de agua dejado en el patio, cuando llovía, para lavarse el pelo mañana. Y la presencia del jabón rosado, al ácido fénico.) Y fue el perfume que siempre volvía a hallar con deleite, luego de haberlo olvidado, porque su olfato lo asociaba, automáticamente, con una imagen de desnudez en espera. "Reflejo condicionado" —se decía, percibiendo, como siempre, que desde el instante en que hubiera llamado a la puerta, los pensamientos, sensaciones y actos, se sucederían en un orden invariable, que había sido el de la última vez y sería el de la próxima. El "hoy" se reiteraba en una apetencia sin fecha —podía ser el "hoy" de ayer o el de mañana— que renacía con idénticas palabras, ante los platos del comedor, o luego de decir que era muy lindo el gato dormido en su cesta, con un cascabel al cuello. La conversación se iniciaba siempre de la misma manera: él no había venido últimamente porque estaba muy ocupado en sus estudios; ella no salía ni estaba enamorada. Había visto una lámpara cerca que él prometía traerle cuando volviera. (Podía tratarse de una caja de turrones o de un cojín bordado...) Ella reía, desconfiada del ofrecimiento, y, luego de sentarse en sus rodillas unos minutos, moría el coloquio cuando se levantaba para encender la luz del velador, después de cubrir con un paño la imagen de la Virgen de la Caridad. Pero, esta vez, había ocurrido algo: "Por poco no me encuentras aquí. Hace días, me vinieron con amenazas; que si me iban a sacar del barrio, que si me iban a llevar a la cárcel de mujeres. Yo que soy una persona de orden." El la tentaba con manos ansiosas, acariciando la tibieza de sus corvas. "Me quedo toda la noche" —le dijo al oído, para que la casa fuese cerrada. Pero la encontraba extrañamente inerte, desmadejada, metida en su idea. "Yo no voy a la cárcel de mujeres; no me quiero ir del barrio; aquí saben que soy una persona de orden." Parecía conceder una enojosa gravedad al suceso. Impaciente, para sacarla de su monólogo, él trataba de despojar lo ocurrido de toda importancia, mediante una mímica de encogimientos de hombros destinada a quienes la hubieran amenazado. "Es una inquisición; una inquisición, lo que se traen ahora." Giraba en redondo, regresaba a la cárcel de mujeres, la mudanza, la inquisición, como si fuese incapaz de pensar en otra cosa. A cada repetición la amenaza se acrecía en sus palabras haciéndose algo como las moradas de un tránsito infernal. Se erigía en única amenazada, víctima de persecuciones, mártir de una causa obscura, y había, en esa magnificación de los padecimientos, como un afán de compadecerse a sí misma por la humillación sufrida. "Ahora quieren saber con quién una busca vida." La singularidad de la expresión le recordó, de pronto, los tejados y portales de su pueblo rodeado de rocas. Allá, arriba, donde los dragos crujían en el viento, donde las hojas membranosas, las orquídeas malas, las plantas de filos y dardos, se entretejían en húmedas marañas que guardaban el rocío de sol a sol —allá, en el almenaje de los farallones, solían asomar el hocico, de noche, las perras lobas, nacidas de las que, siglos atrás, hubieran desertado las jaurías cimarroneras. Y el hocico, aullando sobre las carnes ansiosas, clamoroso del celo, daba tales llamadas que los perros de abajo alzaban las cabezas y gemían, sin atreverse a salir del lindero de los traspatios. Entonces las hembras, exasperadas por la espera, bajaban a las inmediaciones de los pueblos, y arrojaban el olor de su deseo en la brisa, para que vinieran a quebrarlas, a penetrarlas —arrastradas, mordidas, apedreadas—, hasta la huida del alba, a las altas cavernas de los partos. "Vienen a buscar vida" —decían los mozos del pueblo, al oír el ladrido de las sedientas, que jadeaban en los senderos próximos, al pie de las primeras luces, de tetas hincadas en el polvo: "Vienen a buscar vida." "Y ahora —decía ella— quieren saber hasta con quién una busca vida." La besó, impaciente, sin encontrar aquella blandura, aquel amoldarse de la carne a las durezas del hombre, que le era instintivo. "Ahora —proseguía—, quieren saber a dónde fue el que salió de aquí; que si va al café del mercado a tomar su vino con yemas." El le apretaba el talle, mirando hacia el lecho recién arreglado.

"Es una Inquisición" —dijo ella, con creciente énfasis, insistiendo en la palabra, que debía saberle a interrogatorios, calabozos, cadenas y torturas de justos, al confundir el Santo Oficio con alguna persecución pagana. Lo había visto, acaso, en los muestrarios de oraciones que los vendedores de rosarios y exvotos disponían en los alféizares de conventos y casas deshabitadas. Allí, colgados de rejas que les daban un marco carcelario, estaban las Vírgenes de los Dolores, traspasadas de puñales, con Santa Olalla sin senos, Santa Lucía ofreciendo sus ojos en copa, Santa Rosa amenazada por el Perro con aliento de azufre, y el Anima Sola, de muñecas encordadas, ardida por la llama de sus celos en infernal mazmorra. En litografía y grabados de mucha tinta se narraban flagelaciones y estrapadas, descuartizamientos y devoraciones por las fieras, junto a la parrilla de San Lorenzo y la cruz de San Andrés. La palabra "inquisición" debía tener, para quien tanto la pronunciaba, un sentido tremebundo y misterioso, que daba mayores prestigios al padecimiento causado por los que hubieran venido a amenazarla —de seguro policías en busca de informes acerca de alguien que la visitaba a menudo. Por haberse pensado sin casa donde alojar a su perro, su gato blanco rosado, sus canarios; por haberse imaginado a sí misma en el camino de la cárcel de mujeres, señalada con el dedo en la calzada que seguía los últimos contornos del puerto, entre quillas varadas, herrumbres de mar y cresterías de carbón, debía sentirse más limpia, más clara, más una con la que, cada año, en Semana Santa, cerrando la casa a toda solicitud, recorría las estaciones, haciendo buenas limosnas y prendiendo velas en los altares. "Una Inquisición" —repitió, pasándole una mano ausente sobre los cabellos. "Compra algo de beber" —dijo él, cansado del plañido, dándole el dinero que le calentaba los dedos. "Y pide galletas para el desayuno" —añadió, viéndola regresar con un impermeable puesto sobre el refajo. "Es malo" —dijo ella, devolviéndole el billete. "Es malo. Los billetes en que está el General con los ojos dormidos, son malos..." "¿Malos?" —repetía el hombre, desamparado, examinando aquel papel cuyas cifras verdinegras habían perdido, de pronto, todo poder. "¿Malos...?" Se acurrucó en la butaca, como en espera de clemencia, tentando las escasas monedas que le pesaban en el bolsillo. Por algo el espectador presuroso había arrojado aquel dinero entre los barrotes de la contaduría, con gesto de largueza que lo era de engaño. "No tengo más" —dijo, con toda la voz puesta en espera. "Otro día podría ser" —murmuró ella, haciendo un leve ademán hacia la puerta— "pero esta noche estoy muy cansada." Agarrándose de quien lo devolvía a la soledad y al despecho, besó la nuca, los brazos, los hombros, de un ser inerte, que ahora le ofrecía la boca cuanto quisiera, para acercarlo más dócilmente a la calle. "No te mojes" —dijo aún, porque la lluvia arreciaba. El hombre, en rabiosa carrera, alcanzó el alero del mercado, donde los pavos asomaban cabezas andrajosas por sobre la cochambre de sus jaulas. El olor a corral, a gallinas, entre respiros de huerta y de aradura, lo llevó, en un incontenible cerrar de ojos, al mapa de la Gran Cañada, cuyo cauce, erizado de junqueras, era el camino que tanto le había permitido jugar, allá, al Hombre Invisible. Del fondo de la casa se iba, así, sorteando charcos y lodazales —invisible de verdad—, a través de toda la comarca; se sabía de las cocinas desiertas en el crepúsculo, con los primeros murciélagos volando sobre las ollas dejadas a hervir; se sorprendían coloquios prohibidos, a la sombra de las cercas; se oía el crujir de las mecedoras de Viena, en la sacristía, con las murmuraciones de las viejas reunidas para el rosario, en tanto que el Trepador de Palmeras encendía luminarias a santos que no eran de iglesia, poniendo billetes de lotería bajo el hierro de un cuchillo cuya empuñadura figuraba una cabeza de gallo con cresta de corales. Más allá del galpón del herrero, cuyas canciones hacían rimar palabras malas, se alzaba el tronco que era buzón secreto de un amorío de niños: madera donde las hormigas rojas caminaban por debajo de los sobres, cargando con una larva o una paja de avena. Por aquella oquedad habían pasado las poesías copiadas a lápiz, los juramentos escritos, el mechón de pelo, y el caramelo largo, con listas de colores como enseña de barbería, comprado con la vista baja a quien podía adivinar la verdad y burlarse de lo sincero. Pero de pronto la niña se había puesto a crecer; de tal modo que parecía estirarse entre cita y cita, cada vez más ojerosa y canilluda, agigantada en medio de los pequeños. Un día, se negó a esconderse como antes en un socavón del cauce, para hacer, con las habichuelas rosadas de un piñón, unos caramillos que se pasaban de boca en boca, buscándose un mejor tañido. El se había achicado ante la que abandonaba su mundo, encorvándose para no sacar la cabeza al nivel de los campos cuando andaban a la orilla del agua estancada. Se le redondeaban las caderas, le quedaban estrechas las blusas, y ya no se dejaba husmear las axilas, como antes, para hacerse tratar de cochina, y comprobar, con la nariz estirada, que le olían a sudor. Una tarde, la carreta que iba a la estación del ferrocarril trajo un piano reconstruido, en cuyo teclado le enseñó la Viuda de los eternos lutos a tocar el vals "Alejandra" por oído. Comenzaron las meriendas y recitaciones, y los paseos de mujeres, asidas por el talle, estrechadas en confidencias, a lo largo de la Calle Mayor. Fue entonces cuando él, despechado, quiso aprender a tocar algún instrumento de lucimiento para ingresar en la Banda de la Cabecera del Término, en cuyas retretas se hacían aplaudir los solistas de cornetín o de clarinete, de nombre puesto en un atril, para mayor notoriedad... Esta evocación de la pureza perdida acabó de colmar su irritación contra quien acababa de arrojarlo de la casa. Creía uno que tales mujeres podían ser amigas, cuando eran lo que eran: rameras por nombre, basura por apellido. El libro le hería el brazo ahora —filosa la pasta como un reproche— en el hedor de los pavos mojados, de las gallinas de Guinea, que pasaban cabezas de buitres por entre los alambres de sus rejillas. Un banano verde, roto de un taconazo, despedía su alumbre en la noche. "Sinfonia Eroica, composta per festeggiare il souvvenire di un grand'Uomo." Al despecho sucedía la vergüenza. Nunca alcanzaría nada, ni se libraría del cuarto de criadas, del pañuelo puesto a secar en el espejo, de la media rota, cerrada sobre el dedo gordo con una ligadura de cordel, mientras la imagen de una prostituta bastara para apartarlo de lo Verdadero y lo Sublime. Abrió el tomo, cuyas hojas se azularon a la claridad de un neón: "Luego de ese prodigioso Scherzo, con su torbellino y sus armas, es el Final, canto de júbilo y de libertad, con sus fiestas y sus danzas, sus marchas exaltantes y sus risas y las ricas volutas de sus variaciones. Y he ahí que, en medio, reaparece la Muerte..." Todavía era tiempo de escuchar algo. Detuvo un auto de alquiler y llegó al teatro cuando, detrás de la cortina roja, sonaban los compases iniciales del Final. El portero, sin espectadores que atender, dormitaba sobre la gaveta de la taquilla, trepado en el alto taburete. "¿Falta mucho?" —preguntó, sorprendido de verlo regresar. "Unos nueve minutos" —respondió, añadiendo luego, para alardear de saber: "Bien dirigida la obra no debe pasar de cuarenta y seis." Alzando la vista vio dibujarse nuevamente, a través de la lluvia, el viejo palacio, decaído y aneblado, del Mirador, donde la gente del velorio había tenido que hacinarse otra vez en la habitación de los cirios. Recordó a la anciana que allí vivía: la había observado desde el tragaluz de su cuarto, subido en una cama, divirtiéndose en ver cómo mojaba sus matas con una regadera verde, de niños, hacía dos semanas —dos semanas exactas, puesto que era el día de su cumpleaños, cuando, con el pequeño giro recibido del padre, se había regalado a sí mismo la "Sinfonía Eroica" en discos de mucho uso, pero que todavía sonaban bien. La visión de la vieja, tocada de blanco, doblada sobre sus tiestos y cazuelas de romero y hierbabuena, lo había enternecido. Así eran las negras de su pueblo de farallones, cuando dejaban sus begonias por la oración, a la hora de las sombras largas, mientras en los montes se encendía el aullido de las perras lobas que clamaban por "buscar vida" con los guarderos jadeantes y timoratos de abajo. De pronto se le ocurrió que era la anciana quien podía haber muerto. Pero no; esas negras llegaban a cien años. Algunas habían viajado todavía, con argolla en el tobillo, en los sollozos de la trata. Cuando le pagaran iría a visitarla —aunque no la conociera— para llevarle algunos dulces desusados, de esos que vendía, junto a la Iglesia del Angel, un repostero guitarrista, cuyas bandejas con papel de encajes ofrecían alcorzas, huesos de santos, polvorones, merengues y capuchinos, adornados por aventadas de confites verdes, rojos, opalescentes, llenos de almíbares con sabor a menta, granada y absintio. Necesitaba saberla viva, en la noche, por rito de purificación. Dos semanas antes, había comprado los discos de la Eroica para prepararse a la audición directa, en gesto que le pareciera digno del Bach que fue a pie hasta Lubeck, para escuchar al maestro Buxtehude. Pero, al llegar la gran noche, había dejado la Sublime Concepción por el calor de una ramera. Necesitaba saber viva a la vieja en la noche. Tanto lo necesitaba que correría a la casa del Mirador, en cuanto terminara el Final, para cerciorarse de que no era ella la persona de cuerpo presente.

II

Aunque encubras estas cosas en tu corazón, yo sé que de todas te has acordado.

JOB - 10 - 13

La vieja se había recogido, encogida, en su estrecha cama de hierro, ornada de palmas de Domingo de Ramos, volviéndose hacia la pared con gesto humilde, resignado, de animal que sufre. Y al cabo de la larga noche en que la velara el amparado, sin poder avisar al doctor —y menos al Doctor muerto hacía mucho tiempo que ella pedía en la obscuridad cuando el respiro lloroso se hacía palabra— había empezado el verdadero encierro. Hasta entonces, en lo que corría el día y entraba la noche, bastaba con estarse en el segundo cuarto, atento al aviso de la escalera de caracol, donde los pasos crecían lentamente, haciendo retumbar la madera espesa. Se tenían periódicos que la vieja pedía prestados a la modista de abajo; se aprovechaba la fruta en trance de pasarse, que el pregón pregonaba más barata. Hasta se satisfacían antojos de café y de licor mandado a comprar en vaso, con un parsimonioso empleo de las últimas monedas —porque el billete doblado en la hebilla del cinto no debía cambiarse sino cuando se supiera de la Gestión. Pero ahora, luego de que un médico joven, llamado por la sobrina, hubiera garabateado una presurosa receta —eran muchos peldaños para tan mal pago—, casi no traían comida a la enferma. Entiéndase por comida: la que cruje bajo el diente, sostiene una cuchara hincada en su materia, se escuadra y talla, se masca en firme, con las consistencias y texturas que un hambre creciente, casi intolerable ya, pone en la mente, hecha boca, del hambriento. La sobrina aparecía a cualquier hora, con una botella de leche, o una pequeña cazuela de caldo envuelta en papeles de periódicos. Por ello, había tenido que refugiarse en el Mirador, cerrando, de afuera, la puerta que conducía a la azotea. Desde que la gente subía a visitar a la enferma, muchos trataban de abrir esa puerta, para librarse del olor a enfermedad, en aquel rectángulo de losas caldeadas por el sol. "Ni ella misma sabe donde ha metido la llave" —decía, cada vez, la misma voz de hombre, dando empellones a la hoja que él tenía apuntalada, desde atrás, con estacas y palos afincados en el piso. Y así eran ya dos días los que llevaba sin comer, oculto entre aquellas cuatro grandes paredes despintadas y tibias, yendo del Westminster sin péndulo ni saetas, al baúl de cerraduras enmohecidas en cuya tapa se ostentaba todavía el papel donde su mano hubiera escrito, cierto día, en espesos caracteres dibujados a punta de brocha de afeitar mojada en tinta china: POR EXPRESO. Temiendo siempre que alguien oyera crujir el bastidor del camastro, puesta la pistola al alcance de la mano, pasaba las horas echado en el piso de aquel destartalado belvedere de casa hidalga venida a menos, cuyo mármol grisáceo y desgastado como lápida de cementerio conservaba un remoto frescor, entre tanto ladrillo calenturiento, cerrado por los muritos de piedra —demasiado bajos para hacer alguna sombra— que delimitaban la azotea. Al menos las noches de ahora no eran tan terribles como las primeras: aquellas lentas, inacabables, emprendidas de bruces bajo la ventana abierta, velándose el propio sueño, despertándose a sí mismo cuando los ojos se le cerraban, porque el sueño y la muerte se hacían uno en su miedo. Los ojos abiertos comprobaban la realidad de una estrella, de un girar de la luz del faro, nuevamente desasosegados, de repente, porque un insecto se pusiera a rascar detrás de la puerta. Un alambre del bastidor que cediera y le restallara en la oreja por su mucha agitación; los grillos que se daban a cantar dentro del baúl; el terral que revolvía los hollines caídos en los ángulos de la azotea; todo lo que sonara quedo, raro, sorpresivo, era, en esas noches, una perenne expiación por el tormento. Poco antes del alba, sin embargo, cuando la luz del faro parecía cansada de parpadear en redondo, algo como un Perdón descendía de lo alto. Dejaba de custodiarse a sí mismo y rendía los párpados en el primer empalidecimiento del mar, entregado a una posibilidad que no perdía su horrible vigencia, pero se le hacía extrañamente ajena y hasta deseable, con tal de que todo se resolviera en el no despertar, pasado el temor de sufrir en su carne. Porque el dolor físico le era inadmisible. Tan inadmisible que por no tolerar el dolor —ni siquiera la punzada de un dolor real, sino la intuición de la punzada—, se hallaba en el abominable presente, esperando el resultado de la Gestión. De esas noches primeras le quedaba el hábito de dormirse al amanecer, ya que durante el día tenía que permanecer dentro del Mirador, para evitar el riesgo de que lo vieran desde la alta azotea, tertulia de lavanderas, desahogo de niños —los niños eran los más temibles— del edificio moderno que flanqueaba la casa colonial transformada en cuartería, con una ancha pared sin ventanas, cubierta por pintura sin sentido, en rojo, verde y negro, que le recordaban los discos y señales de una vía ferroviaria —aunque allá en la universidad, algunos estudiosos, despreciados por los de su bando, hubiesen sostenido que tales jeroglíficos en talla heroica respondían a un novedoso concepto de la decoración. Al caer la noche, luego de que la vieja hubiera rezado el rosario con la modista de los bajos, despidiéndose con aparatosos bostezos para que todos supieran que iba a acostarse, él se escurría hacia la puerta, quitaba los puntales, y hallaba, en el segundo cuarto, lo que la anciana podía ofrecerle a modo de guiso o cocido bien espeso y firme, con el periódico de la mañana, donde buscaba ávidamente alguna nueva relacionada con su destino. A menudo, la hoja más interesante quedaba en mero marco de hombreras, de mangas, recortadas en el papel impreso para servir de patrones a las alumnas de la Academia de Corte y Costura —como llamaba la modista al cuarto de los maniquíes y motas de terciopelo rojo hincadas de alfileres, donde enseñaba a confeccionar blusas y faldas de poca complicación. Pero lo que aún quedaba y narraba hechos de quienes afuera vivían le interesaba todavía lo bastante para tenerlo absorto, releyendo noticias al parecer nimias —como las que se referían, por ejemplo, a la gente que se iba de viaje—, hasta la hora en que, ya dormida la vieja, se apagaban los pórticos de los cines, se despejaban las calles, y el llanto persistente de un niño fuese indicio de sueño profundo en torno a su cuna. Entonces, más arriba de los focos que lo dejaban en sombras, podía andar a todo lo largo de la azotea, mirando a los patios de arecas y flores desvaídas, donde, bajo el arco de una cochera antigua, aparecía de pronto, en el prenderse de una cerilla, una mujer abanicándose el pecho, o un anciano asmático envuelto en humos de papel de Arabia. Más allá era el fondo de la talabartería, donde se guardaba la polvorienta reliquia de un faetón con farolas de vela, sobre cuyos hules estaban puestos a secar, como despojos de matadero, unos cueros a medio curtir. De más allá brotaban los tintosos olores de una pequeña imprenta de tarjetas de visita. De más acá, el hedor de las cocinas pobres, con sus cazuelas abandonadas por hoy en el agua grasienta, y, del otro lado, el tráfago perezoso de la cocina acomodada, donde dos fámulas iban dejando caer cuchillos secos sobre la mesa, al ritmo de un interminable tararear de canciones mal sabidas, que volvían a empezarse para nunca acabar. Protegiéndose con el cuerpo del Mirador de la siempre temible azotea del edificio moderno, asomábase a la calle, a ratos cortos, contemplando el mundo de casas donde, revueltos con lo californiano, gótico o morisco, se erguían partenones enanos, templos griegos de lucetas y persianas, villas renacentistas entre malangas y buganvilias, cuyos entablamentos eran sostenidos por columnas enfermas. Eran calzadas de columnas; avenidas, galerías, caminos de columnas, iluminadas a giorno, tan numerosas que ninguna población las tenía en tal reserva, dentro de un desorden de órdenes que mal paraba un dórico en los ejes de una fachada, junto a las volutas y acantos de un corintio de solemnidad, pomposamente erguido, a media cuadra, entre los secaderos de una lavandería cuyas cariátides desnarizadas portaban arquitrabes de madera. Había capiteles cubiertos de pústulas reventadas por el sol; fustes cuyas estrías se hinchaban de abscesos levantados por la pintura de aceite. Motivos que eran de remate reinaban abajo —florones en barandales, dentículos al alcance de la mano— en tanto que las cornisas alzaban cuanto pudiera parecerse a un zócalo o pedestal, con añadidos de vasos romanos y urnas cinerarias entre los hilos telefónicos, que se afelpaban de plantas parásitas, semejantes a nidos. Había metopas en los balcones, frisos que corrían de una ojiva a un ojo de buey, repitiendo cuatro veces, lado a lado, en fundición vendida al metro, el tema de la Esfinge interrogando a Edipo. Se asistía, de portal en portal, a la agonía de los últimos órdenes clásicos usados en la época. Y donde el portal había sido desechado, por afanes de modernidad, la columna se iba arrimando a la pared, empotrándose en ella, inútil, sin entablamento que sostener, acabando por diluirse en el cemento que se cerraba sobre lo sorbido. Nada de eso tenía que ver con lo poco que el amparado hubiese aprendido en la Universidad —Universidad que, para él, quedaba guardada en el baúl de cerraduras enmohecidas.

Por expreso. "Procedencia: Sancti-Spíritus." La mano ha dejado la inservible brocha de afeitar que sirvió para trazar vistosamente las palabras con tinta china. El amparado se contempla a sí mismo, en aquel instante decisivo de su vida. Se ve atareado en meter cosas dentro del viejo baúl, traído a la isla, hace tantísimos años, por el abuelo emigrante. Los parientes y amigos que lo rodean y pronto lo acompañarán a la estación han dejado, esta mañana, de moverse en el presente. Sus voces le llegan de lejos; de un ayer que se abandona. No escucha su consejos, por gozarse mejor del indefinible deleite de sentirse ya en un futuro entrevisto —de desprenderse de la realidad que lo circunda. Al cabo del viaje será la capital, con la Fuente de la India Habana, toda de mármol blanco, como se la veía en el cromo de revista fijo en la pared con chinches, cuya leyenda recordaba que a su sombra había soñado otrora un poeta Heredia, a quien el hecho de nacer en un pueblo tonto, semejante a éste, no hubiese impedido llegar a ser Académico Francés; al cabo del viaje conocerá la Universidad, el Estadio, los teatros; no tendrá que rendir cuenta de sus actos; hallará la libertad y acaso, muy pronto, una amante, ya que esto último, tan difícil en provincias, es moneda corriente donde no hay ventanas enrejadas, celosías, ni comadres noticiosas. La idea le hace plegar con especial cuidado el flamante traje, cortado por su padre según los últimos figurines, que piensa estrenar, con la corbata y el pañuelo entonados, cuando vaya a matricularse. Luego entrará en un café y pedirá un Martini. Sabrá, por fin, a qué sabe esa mezcla que sirven con una aceituna en la copa. Después irá a casa de una mujer que llaman Estrella, de quien el Becario le contó maravillas en una carta reciente. Y el padre que le dice, precisamente en este instante, que no se junte con el Becario, pues parece que lleva una vida disipada y despilfarra en fiestas —"que no dejan sino cenizas en el alma"— la pensión del Ayuntamiento. Las voces le llegan de lejos. Y más lejanas se le hacen todavía en la estación del ferrocarril, en medio de campesinos que se hablan a gritos, de andén a andén, luego del paso de un tren de ganado que rodaba en un trueno de mugidos. En el último momento el padre compra unos panales de miel para mandarlos de obsequio a la vieja que se ofreció a alojarlo donde vive —parece que tiene un Mirador en la azotea, habitación independiente y cómoda para el estudiante—, y es la llegada del expreso, con su locomotora de campana, y la baraúnda de las despedidas... Y aquí había llegado, muy de noche, con el baúl que ahora contemplaba; a este Mirador que le hiciera visitar su anciana nodriza, venida años antes a la capital, en seguimiento de una familia rica, dueña de la añeja mansión transformada en casa de vecindad. Desde el primer momento se barruntó, por el tono decididamente maternal de la negra, que ésta pondría trabas a sus ansias de libertad, vigilando sus entradas y salidas, rezongando y fastidiando —impidiendo, por lo menos, que trajera mujeres al Mirador. Por lo mismo, se hizo el propósito de cambiar de albergue, tan pronto como estuviera encarrilado en sus estudios. Y ahora, luego de haberse olvidado de la vieja durante meses —¿es ella la que así gime desde hace un momento, o son lloriqueos del niño de la modista?—; luego de haber desertado esta habitación desde hacía tanto tiempo, hallaba aquí el supremo amparo, el único posible, junto al baúl provinciano, dejado aquí al mudarse, porque encerraba cosas que entonces habían dejado de interesarle.

Pero hoy, al levantar la tapa, encontraba nuevamente la Univesidad abandonada, bien presente en el estuche de compases y bigoteras regalado por su padre; en la regla de cálculo, tiralíneas y cartabones: en el pomo de tinta china, vacío, que aún despedía su olor alcanforado. Ahí estaba el Tratado de Viñola, con los cinco órdenes, y también el cuaderno escolar donde, adolescente, hubiera pegado fotografías del templo de Paestum y del domo de Brunelleschi, la "Casa de la Cascada" y una perspectiva del templo de Uxmal. Los insectos se habían cebado con la tela de sus primeros dibujos a pluma, y de los capiteles y basas, copiados en papel transparente, sólo quedaba un encaje amarillento, que se rompía en las manos. Luego, eran libros de Historia de la Arquitectura, de geometría descriptiva, y, al fondo, sobre el diploma de bachiller, la tarjeta de Afiliado al Partido. Los dedos hallaban, al sopesar aquella cartulina, la última barrera que hubiera podido preservarle de lo abominable. Pero había estado demasiado rodeado, en aquellos días, de impacientes por actuar. Le decían que no perdiese el tiempo en reuniones de célula, ni en leer opúsculos marxistas, o el elogio de remotas granjas colectivas, con fotos de tractoristas sonrientes y vacas dotadas de ubres fenomenales, cuando los mejores de su generación caían bajo el plomo de la policía represiva. Y, una mañana, se vio arrastrado por una manifestación que bajaba, vociferante, las escalinatas de la Universidad. Un poco más lejos fue el choque, la turbamulta y el pánico, con piedras y tejas que volaban sobre los rostros, mujeres pisoteadas, cabezas heridas, y balas que se encajaban en las carnes. Ante la visión de los derribados, pensó que, en efecto, se vivían tiempos que reclamaban una acción inmediata, y no las cautelas y aplazamientos de una disciplina que pretendía ignorar la exasperación. Cuando se pasó al bando de los impacientes, empezó el terrible juego que lo había traído nuevamente al Mirador, pocos días antes, en busca de una última protección, cargando con el peso de un cuerpo acosado, que era necesario ocultar en alguna parte. Ahora, aspirando un olor a papeles roídos, a alcanfor de tintas secas, hallaba en aquel baúl como una figuración, sólo descifrable para él, del Paraíso antes de la Culpa. Y al alcanzar, por momentos, un nivel de lucidez desconocido, comprendía cuánto debía al encierro que lo sentaba a hablar consigo mismo, durante horas, buscando en el examen detallado de una trabazón de hechos, un alivio a su miseria presente. Había una fisura, ciertamente; un tránsito infernal. Pero, al considerar las peripecias de lo sucedido en aquel tránsito; al admitir que casi todo en él había sido abominable; al jurar que jamás repetiría el gesto que le hiciera mirar tan fijamente un cuello marcado de acné —ese cuello que lo obsesionaba más que la cara aullante, vista en el estruendo del terrible segundo—, pensaba que aún le sería posible vivir en otra parte, olvidando los tiempos del extravío. Eran gemidos las palabras con que los atormentados, los culpables, los arrepentidos, se acercaban a la Santa Mesa, para recibir el Cuerpo del Crucificado y la Sangre del Sacrificio Incruento. Bajo la Cruz de Calatrava que adornaba el pequeño libro de Instrucción Cristiana para uso de párvulos que la vieja le había dado, se escuchaba ese patético gemido, en las oraciones para la confesión, en las letanías a la Virgen, en las plegarias de los Bienaventurados. Con sollozos, con imploraciones, se dirigían los indignos, los caídos, a los divinos intercesores, por pudor de hablar directamente a Quien, por tres días, hubiera bajado a los infiernos. Toda la culpa, además, no era suya. Era obra de la época, de las contingencias de la ilusión heroica: operación de las deslumbrantes palabras con que lo hubieran acogido, cierta tarde —a él, bachiller de provincia, avergonzado de su traje mal cortado en la sastrería paterna—, tras de las paredes del edificio en cuya fachada de majestuosas columnas se estampaban con relieves de bronce, bajo un apellido ilustre, los altos elzevirios de un HOC ERAT IN VOTIS... Miraba ahora hacia la Sala de Conciertos, cuyos capiteles con volutas cuadradas le parecían una caricatura de las que se hubieran asociado a su hoy aborrecida iniciación. Allí se afirmaba la condena impuesta por aquella ciudad a los órdenes que degeneraban en el calor y se cubrían de llagas, dando sus astrágalos para sostener muestras de tintorerías, barberías, refresquerías, cuando no rechillaba la fritura a la sombra de los pilares, entre mostradores de empanadas, sorbeteras y aguas de tamarindo. "Escribiré algo sobre esto" —se decía, sin haber escrito nunca, por la apremiante necesidad de fijarse nobles tareas. Salía de las inacabables borracheras de aquellos meses, de los excesos a que se creen convidados los que mucho arriesgan y desafían, hallando la primera claridad al cabo del túnel. No sabía dónde le tocaría ir ahora, puesto que el Alto Personaje iba a determinar, para su mayor conveniencia, el rumbo más expedito. Nunca terminaría sus estudios de una arquitectura abandonada a principios del primer curso. Pero aceptaba de antemano los más duros oficios, los sueldos peores, el sol en el lomo, el aceite en la cara, el camastro y la escudilla, como fases de una expiación necesaria. "Creo en Dios Padre Todopoderoso, creador del Cielo y de la Tierra, y en Jesucristo, su único hijo, Nuestro Señor, que fue concebido por obra del Espíritu Santo y nació de Santa María Virgen." No recordaba todavía sino el comienzo del Credo. Iba por el librito de la Cruz de Calatrava, dejado sobre el jergón, cuando se percató, de súbito, que su hambre había pasado. Pensaba en pescados y los imaginaba como repugnantes cosas, con ese ojo vidrioso y plano, que apenas era ojo, tachuela clavada en el hedor de las escamas; pensaba en carnes, y las hallaba repelentes, informes, con su sangre aflorada; pensaba en frutas, y las recordaba ácidas y frías; pensaba en panes, y se le hacían desagradables los grumos, las grietas, de sus migas. No quería comer. Ofrecía a Dios la vaciedad de su vientre, como un primer paso hacia la purificación. Se sintió ligero, recompensado, entendido. Y le pareció que una deslumbrante agudeza lo ponía en íntimo contacto con las materias, las cosas, las realidades eternas que lo circundaban. Entendía la noche, entendía los astros, entendía el mar, que acudía a él, en el reflejo de la luz del faro, mansamente atormentado, cada vez que su rotación le coincidía rectamente con la mirada. Pero no entendía en palabras ni en imágenes. Era su cuerpo todo, sus poros, el entendimiento hecho ser, quienes entendían. Su persona se había integrado, por un instante, en la verdad. Se echó de bruces sobre las losas de barro que aún devolvían el bochorno del día transcurrido. Sollozaba, de tanta claridad, al pie del Mirador en sombras.

tendía el mar, que invadía a C., en el halago de la luz del faro, mansamente, alternán-do, cada vez que su rotación le concedía encontrarse con la mirada. Pero no se andía en palabras ni en imágenes. En su cuerpo todo, sus poros, [illegible] hecho así, apenas encontraban. Su persona se había integrado, por un instante, en la verdad. Se sentó de bruces sobre las losas de barro que aún devolvían el bochorno del día transcurrido. [illegible] al pie del Mirador su sombra.

Despertó al cuarto día, antes de la media tarde, con la boca terrosa. Un sudor lento, de gotas crecidas sobre cada poro, le brotaba de las ojeras, de la nuca, de la frente, imponiéndole la idea de que estaba amarillo, demacrado, sucio desde dentro. Era bueno no tener espejo para comprobarlo, porque hubiera sido peor. Se enderezó en el jergón, para aliviar sus sienes de un rodar de gravas. Su sexo, por más desconcierto, acababa de entesarse dolorosamente, exasperado de latidos que le venían del pecho y del vientre. Comprobó el hecho al tacto, y fue a sentarse sobre el baúl, estupefacto de que su cuerpo conservara tales energías debajo del hambre. Tras de la puerta apuntalada, más allá del comedor, la sobrina hablaba confusamente con la modista de los bajos. La vieja, de seguro, estaba mejor. Otras veces había padecido de lo mismo, reponiéndose con sus pócimas y cocimientos. Pero esta vez la enfermedad se prolongaba. Así, era necesario "reflexionar" en comer. Poner la lucidez de los últimos días —la alegría de no comer— en la voluntad de comer. Ya que no podía contar con la vieja para obtener algún alimento, pensar en alguna posibilidad. Debía haber cosas comestibles en una casa, en una habitación, que no fueran aquellas que el hombre acostumbraba a llevar a sus fuegos. De niño había pensado, muchas veces, en el sabor que tendría un caldo de césped, una sopa de hojas, una ensalada de gramas. Los herbívoros se nutren de yerbas que, probablemente, podía comer el hombre. Además, ¿quién no ha mordisqueado alguna vez, con deleite, el tierno tallo de una brizna de esparto? Miró a su alrededor: madera, barro, hollín. En las ciudades sitiadas de la antigüedad, la gente llegó a comer trozos de cuero macerado. Se roía el revestimiento de las monturas, se hervían bridas, cinturones, abarcas de correas blandas. También, en una mina inundada, los hombres habían descubierto al cabo de días que los troncos del entibado conservaban cortezas frescas... Fue gateando —para que su silueta no se pintara sobre los muros exteriores de la azotea— hasta donde podía mirarse el patio de la talabartería. Alguien se había llevado las pieles a medio curtir que durante tantos días se secaran sobre los hules del faetón. Ahora le sorprendía el absurdo de haber querido contemplar esos pellejos inalcanzables, como si su remoto olor a desolladero, a salazón, hubiese podido serle de algún alivio. Madera, barro, hollín. "Cuando los campesinos fueron concentrados en las ciudades por la maldad del Capitán General de España" —le había contado la vieja— "se hinchaban de tanto tomar agua." Abrió el grifo y, recibiendo el agua en las manos, se dio a beberla ávidamente, para llenarse el vientre. Pero aquella agua entibiada por el sol que caldeaba los caños llegaba a sus entrañas con una frialdad pesada, ahuecadora, de serrín mojado. Fue quebrado por una contracción violenta, y, cayendo sobre los puños, vomitó lo bebido, hasta quedar en un espasmo seco, que le hundía el vientre, cada vez, con un sordo empellón en la nuca, arqueándole el espinazo, como el de un perro que espumarajea el veneno. Agotado, se echó al pie del muro, con el cuerpo sacudido de latigazos. Estaba tan invadido por la idea de comer, que esa idea, única que le fuese concebible en aquel momento, se volvía un mandato de índole casi abstracta. No pensaba ya, como el primer día de ayuno, en algún alimento preferido por su paladar, ni se pintaba ya en su mente, con añoranzas de niñez, la gran cocina familiar oliente a pescadilla recién sacada del aceite —con los verdes untuosos del chícharo, el arroz teñido de azafrán, la crujiente tiesura de los hojaldres rendidos al dentazo—, que ponían inalcanzables sabores en su boca estragada por tanta saliva ansiosa. Los alimentos habían dejado de diversificarse, para quien sólo pensaba en el "alimento", cualquiera y único, aceptado de antemano, vuelto al hambre del recién nacido a quien abandonaron al pie de un campanario, y aúlla su miseria buscando la madre en la piedra... Oyó voces. Dentro del caracol de la escalera, la modista de abajo llamaba a la sobrina para probarle un vestido. Esperó impacientemente a que sonaran los zapatos de tacón, alejándose, en la madera de los peldaños, y que las voces se situaran en el plano de la máquina de coser, sacada al patio con la fresca. Quitando trancas y puntales, abrió la puerta que lo aislaba del resto de la casa desde hacía cuatro días. La vieja, dormida, gemía quedamente con el resuello, bajo sus palmas de Domingo de Ramos. A su lado, en una silla, había un plato sopero, lleno de avena hervida. Como la cuchara era de postre, una mano crispada se hundió en la masa resquebrajada por azúcares derretidos. Y fue luego la lengua, ansiosa, presurosa, asustada de comer robando, la que limpió el plato, con gruñidos de cerdo en las honduras de la loza, y saltó pronto al esparto de la silla, para lamer lo derramado. Levantóse luego el cuerpo sobre sus rodillas, y fue la mano, otra vez, en el envase del Cuáquero, escarbando con las uñas en la avena cruda. Después, la puerta quedó cerrada. Caía la tarde. La barcaza de arenas pasó lentamente a la altura del Mirador, sobre un sol que teñía de anaranjado la Sala de Conciertos. Bajo las pérgolas del parque, varios perros en celo acosaban un grifo barcino, que gritaba ante el embate de los machos. En lo alto del edificio moderno sonaba una música: la misma de otras veces. Primero agitada; luego triste, lenta, monótona. Quien yacía en el piso, de entrañas a la vez doloridas y ahítas, con sueño, atravesado de borborigmos, yendo de la felicidad a la náusea, confundía esas notas sordas, a ratos, con el sordo ruido de la imprenta de tarjetas de visita. Detrás de la puerta, la anciana empezó a llamar a la sobrina con voz irritada, reveladora de mejor salud. "Usté no puede comer tanto, tía" —gritaba la parda, que regresaba con su vestido nuevo, al ver que apenas quedaba avena en el cartón del Cuáquero. "Usté no debe comer tanto." Y como el Soldado la esperaba frente a la casa, se fue taconeando de prisa en el caracol de la escalera.

La portentosa novedad era Dios. Dios, que se le había revelado en el tabaco encendido por la vieja, la víspera de su enfermedad. De súbito, aquel gesto de tomar la brasa del fogón y elevarla hacia el rostro —gesto que tantas veces hubiera visto perfilarse en las cocinas de su infancia— se le había magnificado en implicaciones abrumadoras. La mano traía, al sacar la lumbre, un fuego venido de lo muy remoto, fuego anterior a la materia que por el fuego se consumía y modificaba —materia que sólo sería una posibilidad de fuego, sin una mano que la encendiera. Pero si ese fuego presente era una finalidad en sí, necesitaba de una acción anterior para alcanzarla. Y esa acción, de otra, y de otras anteriores, que no podían derivar sino de una Voluntad Inicial. Era menester que hubiera un origen, un punto de partida, una Capitular del fuego que, a través de las eras sin cuento, había iluminado las caras de los hombres. Y ese Primer Fuego no podía haberse encendido a sí mismo... Creyó vislumbrar, en todo, una parecida sucesión, un ineludible proceso de recibir energías de otra cosa: el mismo remontarse de los actos que, sin embargo, no podía ser infinito. Los hilos tenían que ir a parar, por fuerza, a la mano de un Propulsor primero, causa inicial de todo, detenido en la eternidad y dotado de la Suprema Eficiencia. El ateísmo de su padre le parecía absurdo, ahora, ante una imagen que tantas cosas explicaba, extrañándose de que otros no hubiesen pensado, antes que él, en demostrar la existencia de Dios por aquella iluminadora ocurrencia que había tenido ante una brasa. Y, como los niños de la casa moderna habían cantado ayer: "Tilingo, tilingo / Mañana es Domingo / Se casa la gata / con el loro pelón", y las iglesias llamaban a misa, abrió el libro negro y oro de la Cruz de Calatrava, que ahora dispensaba inacabables deslumbramientos a quien creciera, lejos del catecismo, en una sastrería francmasona y darwiniana. Cada página le revelaba una insospechada belleza de la Liturgia, dándole la exaltante impresión de penetrar un arcano, de ser iniciado, de compartir los secretos de una hermandad. Nunca hubiera pensado que lo visto por él, tantas veces, como meros manteles del altar, representaba el Mantel que envolvió Su Cuerpo, ni que el alba, el cíngulo y la estola, narraran tres episodios del más trascendental Proceso presenciado por los hombres. De la vestidura de púrpura, que erguía en su mente las columnas de la casa de Pilato, pasaba al Calvario, donde se detenía, absorto, a la orilla del Cáliz; y al contemplar —al entender— el Cáliz, se maravillaba ante el descubrimiento de ese sepulcro siempre abierto en la materia más preciosa, mística transposición del mayor de los dramas: tinieblas que labraban el metal hasta honduras impensadas, sombra envuelta en el relumbre de las gemas y de los oros; alquimia revertida que de lo fulgente hacía vasta noche de espera para la humanidad emplazada. Hasta el agua, cuyo sentido litúrgico había ignorado, hablaba ahora por el flanco del Redentor. Alguna vez había estado en la iglesia, llevado por la tía devota, cuando su padre estaba en la capital, comprando géneros para los que todavía pedían driles y alpacas. Se había arrodillado, sentado, puesto de pie, como los demás, frente al altar de molduras barrocas, sin sospechar que cuando el oficiante revestía los hábitos de su menester, representaba nada menos que el Hijo de Dios en su Pasión. Había seguido la misa mirando al maderamen de la cúpula, donde siempre dormía algún murciélago —entretenido con todo lo que no era la misa— sin saber que allí se representaba, en una acción reducida a su simbólica esencia, el Misterio que más directamente le concernía. Y ahora que se daba por enterado, hallaba en los simples movimientos que acompañaban el Gloria, el Evangelio, el Ofertorio, esa prodigiosa sublimación de lo elemental que, en la Arquitectura, había transformado el trofeo de caza en bucráneo; la anilla de cuerdas que ciñe el haz de ramas del fuste primitivo, en astrágalo de puras proporciones pitagóricas. ¡Haber llevado en sí tales poderes de entendimiento, ser capaz de percibir tales verdades, y haberlo ignorado, en despilfarros abominables, para hacer caso de discursos que tanto habían servido para justificar lo heroico como lo abyecto! ¡Ah! ¡Creo! Creo que padeció bajo el poder de Pilato, que fue crucificado y sepultado; que descendió a los infiernos y que al tercer día resucitó de entre los muertos. Creo que subió a los cielos y está sentado a la derecha de Dios Padre Todopoderoso. Creo que desde allí ha de venir a juzgar a los vivos y a los muertos... Y hay algo de trompeta llamando al Juicio Final en eso que vuelve a sonar en lo alto del edificio moderno, donde alguno, admirado aún por la compra reciente de un gramófono barato, de ingrato sonido, no hace sino tocar y tocar la misma música, echando a veces la aguja atrás. Son como varias piezas grabadas en sucesión, puesto que se siguen —siendo distintas— en un mismo orden. Primero es algo muy confuso, donde se oyen como toques de corneta —un tema de marcha militar que no acaba de serlo. Luego viene lo triste, lo lento, lo monótono. Después, hay una danza muy alegre. Pero la interrumpe un nuevo toque militar que no acaba, sin embargo, de ser militar del todo: algo como las llamadas que se escuchaban en ese documental, tan ridículo, de los nobles franceses que, antes de cazar, oían misa con sus jaurías bendecidas, mientras los monteros enlevitados tocaban unos instrumentos que parecían grandes volutas de cobre. Y se terminaba siempre con la música a saltitos —con algo de esos juguetes de niños muy chicos, que, por el movimiento contrariado de varitas paralelas, ponen dos muñecos a descargar martillos, alternativamente, sobre un mazo—, seguida de unos valses quebrados, que iban a parar a algo majestuoso y grande, con trompetas, con metales de banda, como los que sonaban en Sancti-Spíritus, cerca de la sastrería, en noches de retreta. Y luego, ese alegre alboroto final, con sus trompas de caza otra vez,.. La sobrina estaba bajando por la escalera de caracol. Era preciso abrir la puerta para ver si la anciana estaba dormida, y alcanzar el caldo que, como otras veces, se enfriaba junto a la cama. Pero ahora, al tomar el plato para llevarlo a la boca, las manos quedaron en suspenso. En la cara de la negra, sorprendentemente desarrugada, dos ojos se abrían, mirando con vidriosa fijeza —con lejana e inexpresiva intensidad— a quien dejaba el plato entre dos pomos de medicina, sin atreverse a sorber sus grasas pintadas en turbias lentejuelas sobre flacas patas de aves —de las que se ofrecen, colgadas de un clavo, en los puestos de volatería al menudeo. Las uñas de un gallo viejo, montadas en tres dedos de escamas grises, retorcidas, con algo humano en las arrugas de sus pieles, descansaban sobre una tajada de calabaza apenas desprendida de la cáscara. Después de un instante de vacilación, desafiando la fija mirada puesta demasiado tarde en lo incontenible, la boca se hundió en esa sopa de Domingos, resoplando y royendo, antes de arrimarse al cartón del Cuáquero. Por hacerse perdonar, el hombre de labios espolvoreados de avena cruda hizo el gesto de arrebozar a la anciana, subiéndole la manta hacia el cuello. Al tocarle la mejilla, un sobresalto se le recogió en crispación y espera de todo el ser: esa mejilla estaba yerta y dura, y la mano cerrada, puesta sobre la sien, volvió a la sien con la obstinación de miembro muerto cuando él trató de hallar algún latido en la muñeca de venas frías. Un paso sonaba en el caracol de la escalera. El taconeo era de la sobrina que venía seguida de gente y prorrumpió en grandes gritos cuando él, luego de cerrar presurosamente la puerta tras de sí, hubiera alcanzado el Mirador. El horror de lo ocurrido lo tenía como estupefacto, de cuclillas en el piso, adosado el baúl, con la atención puesta en los oídos: aquella coja, era la modista; el tranco afelpado y asmático, era del encargado; el choque de las punteras en cada peldaño, era del Soldado —que ahora volvía a bajar, en busca de lo necesario para tender y enterrar. Los patios se llenaron de preguntas hechas de ventana en ventana. Y pronto, en un confuso pataleo, llegaron los de las Pompas, con su hielo y sus velas. Y se dio comienzo al velorio, con la aparición de familiares venidos de barrios remotos —Jesús del Monte, el Calvario, Santa María del Rosario—, que sólo se acordaban unos de otros cuando tenían noticias de que eran menos. A veces, alguno daba un golpe en la puerta cerrada, queriendo pasar a la azotea, donde había renacido el espanto de los primeros días. El batiente estaba firmemente apuntalado y pronto renunciaban los que pretendían abrirla. Pero, ahora, la resistencia de esa madera llegaba a sus últimas horas. Cuando se llevaran el ataúd, mañana, el encargado —aquel que siempre se irritaba por el extravío de la llave— llamaría al cerrajero. De su Brazo Secular colgaría la Llave Maestra. Y cuando la Llave Maestra girara en lo enmohecido, y se viera que la tabla pintada de azul no despegaba de sus jambas porque la tenían sujeta desde afuera, habría que entregarse. No a esos hombres que nada podían contra él y ni siquiera llamarían a la policía al saber que pertenecía al mundo de los Temibles. Habría que entregarse a la libertad —a la calle, a la multitud, a las miradas—, que era como verse emplazado. Volvería al tormento de interrogar todos los rostros, al temor de comer dos platos seguidos en la misma mesa, a la intolerable obsesión de hallar frialdades de hospital en la blancura de toda sábana. Sería el abandono de la cama antes del sueño cumplido, el andar a la sombra, con miedo al eco de sus propios pasos; la carne que se recoge y huye del calor de otra carne, porque una fruta madura ha caído en el patio —porque el viento ha cerrado las persianas del corredor. Cuando nadie quería saber de él; cuando se le rechazaba con horror de las casas, había recordado a la vieja. Ella no podía olvidar que, en un tiempo, lo había llevado colgado de los pezones, llamándolo por tan tiernos nombres que se conmovía cuando se lo contaban. La vieja, al verlo demacrado, con la camisa rota y sucia bajo el traje azul marino que se había puesto para confundirse mejor con las sombras, empezó a gritar que no quería desgracias en la casa y que quien mal andaba peor acababa. Le había alquilado el Mirador por una miseria, a su llegada de Sancti-Spíritus; lo había aconsejado como una segunda madre. Y él se había marchado, seguramente, al ver que no le dejaban traer hembras de mal vivir a una casa de fundamento y religión... Pero parecía tan miserable, en aquel momento, caído a horcajadas sobre un taburete, sollozando entre sus manos de uñas sucias, que volvió a ser, para ella, el mismo que, cierta vez, pareciera ahogarse de tos ferina entre sus brazos. Eran las venas hinchadas, verdes, en la sien y en el cuello; el espasmódico estremecimiento de los hombros, el aliento avinagrado, la queja sorda, venida de dentro, al cabo de los sollozos. Enternecida, la vieja lo había llevado al Mirador, durante tanto tiempo desertado, para que esperara allí, oculto —junto al baúl donde quedara guardado lo que de su Universidad quedaba—, el resultado de la Gestión. ¡Oh! Madre de Dios, Madre purísima, Madre castísima, Virgen poderosa, Virgen Clemente, ruega por nosotros; Rosa Mística, Torre de David, Estrella de la Mañana, Salud de los Pecadores, Reina de los Mártires, ruega por nosotros... La que calmó mi hambre primera con la leche de sus pechos; la que me hizo conocer la gula con la suave carnosidad de sus pezones; la que puso en mi lengua el sabor de una carne que he vuelto a buscar, tantas veces, en torsos jóvenes de su misma sangre, la que me nutrió con la más pura savia de su cuerpo, dándome el calor de su regazo, el amparo de sus manos que me sopesaron en caricias; la que me acogió cuando todos me echaban, yace ahí, en su caja negra, entre tablas de lo peor, diminuta, como encogida la cara sobre el hielo que gotea en un cubo mellado, porque yo, que ni siquiera debí pensarlo —admitir que me fuese posible—, he devorado su alimento de enferma, engullido sus mieses, roído los huesos de sus aves, sorbido con avidez de marrano su caldo de Domingo. ¡Señor, ten misericordia de nosotros! ¡Cristo, ten misericordia de nosotros...! Y, en la casa moderna, esa música tan triste, tan monótona y triste, que parece un responso en oficio de vigilia.

Nadie se sorprendió al verlo aparecer en el velorio, pues la vieja se había empleado alguna vez en casas ricas. "Encontraron la llave de la azotea" —alborozó la sobrina, al notar que una inesperada corriente de aire movía las llamas de los cirios. "Lo acompaño en su sentimiento" —dijeron algunos, pensando que si un blanco estaba en velorio de negros, vestido de azul marino por tal calor, era porque algún parentesco ancilar lo ligaba a la finada. Se miró, por encima del ataúd, en el espejo de la consola. Su rostro estaba tan adelgazado, tan librado de las grasas que en él hubiera espesado el constante beber de los días sin faena, cuando trataba de olvidarse de la faena cumplida, que se sintió envalentonado por el disfraz hallado en su propia persona. Se miraba y remiraba, sin verse semejante a sí mismo. Las noches de tormento le habían puesto un surco en las mejillas, espigándole el mentón, dando una rara fijeza a sus ojos que estaban como ensombrecidos bajo un pelo demasiado largo —peinado, por lo mismo, de modo desacostumbrado. Encontraba algo tan nuevo en su expresión que alguno, al salirle al paso en lugar poco alumbrado, podía dudar —acaso— de que fuera él. Además, lo ayudarían las gafas obscuras que habían constituido para él, en los últimos tiempos, una suerte de herramienta del oficio. Dio gracias por el dolor recibido en los días del encierro y también por las hambres del comienzo, elevándolos hasta Quien sentía cada vez más presente, como acodado en los barandales del Mirador, excelso en su gloria, pero compadecido de los hombres. Vio con agrado, en el espejo que le devolvía su nueva imagen, que los deudos se iban a la azotea, uno tras otro. Allí aspiraban la escasa brisa de una noche de nubes muy bajas, tintas de ocre hacia la Colina por los resplandores de una iluminación universitaria —podían ser los reflectores del Estadio o del Patio de las Columnas—, comentando el irrespeto de quien allá arriba, tan cerca de una muerte, tenía los discos sonando. No era música de bailar, desde luego; pero la música siempre se toca por contento. Cuando hablaban de despachar al Soldado, con su carácter de autoridad, para pedir mayor fundamento ante el cuerpo presente, la sirena de un barco hizo olvidar a todos lo que, tal vez, había dejado de sonar. Se habló de pilotos, boyas y marejadas, y se concertaban minuteros en porfía, porque alguien sostuviera que la luz del faro giraba con más lentitud que la reglamentaria. Regresando del viaje a través del espejo, el adelgazado se volvió hacia la puerta que ahora apuntalaban con sus estacas y maderas para tenerla abierta, pues, de tanto haber estado cerrada, tendía a cerrarse sola, empujada por la costumbre de sus espesas charnelas claveteadas. Como sólo quedaban en la habitación dos ancianas tocadas de pañuelos blancos, que rezaban sobre las cuentas de un mismo rosario, se caló la pistola en el flanco, donde siempre solía llevarla, puso la mano en la barandilla y bajó lentamente la escalera de caracol cuyos crujidos habían acabado por hablarle de un claro idioma de pasos. Cruzó el patio de la Academia de Corte y Costura donde, a pesar de la muerte vecina, se afanaban las alumnas en vestir al maniquí grueso y el maniquí delgado con recortes de periódicos hincados de alfileres. La visión de la avenida a su nivel se le hizo tan nueva que vaciló en desprenderse del umbral de la casa. Arriba quedaba el Mirador, con sus pilares esquineros coronados de rosetones. Bajo una cruda iluminación los álamos pintaban anchas sombras en la acera, aislados, unos de otros, por la claridad circundante. Después de ponerse las gafas, tras de cuyos cristales obscuros —hechos para el sol, usados de noche— se sentía más escondido, comenzó a andar de sombra en sombra, apretando el paso, metiendo la cara entre las solapas, cuando cruzaba por una luz. Por todo dinero tenía aquel billete nuevo, arrojado como una limosna, en la última casa de donde lo hubieran echado, la tarde en que una columna acribillada lo salvara de la muerte. La cantidad no era suficiente para viajar hasta la sastrería del padre. Además todos se enterarían, en Sancti-Spíritus, de su llegada. Lo conocía el veterano que vendía frutas junto al Obelisco de los Próceres; lo conocía el pregonero de los panes de anís; lo conocían los barberos, que veían pasar a todo el mundo en el revuelo de sus tijeras chismosas. Pensó en comer. Pero las fondas, en esa temprana hora de la noche, estaban demasiado llenas de gente que miraba —y nada le resultaba tan temible, ahora que se había arrojado a la ciudad, como una mirada. De sombra en sombra alcanzó el término de los árboles, pasando al mundo de las columnas. Columnas listadas de azul y de blanco, con barandales entre los fustes: doble galería de portales, en esa calzada real cuya Fuente de Neptuno se adornaba de tritones, semejantes a perros bravos, con pasquines electorales pegados en los lomos. Iba, según el embadurno de las casas, de lo ocre a lo cenizo, de lo verde a lo morado, pasando del portón de escudos rotos al portón de cornucopias sucias. De las esquinas se desprendían calles rectas, cuyo asfalto se teñía de un azul plomizo, a la luz de los faroles mecidos por la brisa en un difumino de insectos encandilados. Allá dormía la iglesia parroquial, de un gótico yesoso —tantas veces repintada que se le habían amelcochado los florones—, con yerbas en el tejado y gramas en los sobradillos, frente a la tienda de los imanes, piedras del trueno y manos de azabache, para preservar a los niños de enfermedades y males de ojo. Más allá se asomaba una parra por sobre una ruinosa pared de mampostería, junto al vasto almacén de tabaco dormido en olorosas penumbras. Bajo las arcadas de un viejo palacio español yacían mendigos arropados en papeles, entre latas y enseres rotos, corriendo malos sueños sobre sus orines. Apretando el paso, andaba el acosado de sombra de columna a sombra de columna, sabiéndose cerca del Mercado, donde crecían, a esta hora, montones de calabazas, plátanos verdes y mazorcas amarillas, cerca de las jaulas por cuyas rejillas pasaban los pavos sus cabezas de tulipán polvoriento. Más allá, era la acera de las casas de empeño, siempre iluminadas como para sarao, con sus sillas de mimbre colgadas de los cielorrasos, sobre un gran desorden de relojes de péndulos, consolas y aparadores, de donde emergía, extraviado, el mástil de algún contrabajo o un macetón policromado. Y, tras de los maniquíes de novias y comulgantes, tras de los bronces de la funeraria, donde el empleado de guardia dormitaba con la cabeza apoyada en algún ataúd, eran los mármoles cubiertos de escamas de peces, donde relumbraba, en fondo, la barbería de los espejos en marco dorado, entre latones de hieles, tripas y carapachos. Dando un rodeo, pasó por entre los olores de polentas y tasajos, de salmueras fuertes y abadejos en penca, para evitar las luces del café de humeantes percoladores a cuya salida lo habían arrestado la noche aquella. Por fin alcanzó la esquina de una calle obscura, cuyas ventanas llamaban por quedas voces, alzando una aldaba que era su única posibilidad en el presente. Tras de la puerta respondieron, sin prisa, los pasos de Estrella.

"¿Estabas perdido?" —preguntó al abrir, mirándolo son socarrona curiosidad, en tanto que el perro lo husmeaba, soñoliento, acostumbrado a no ladrar a los extraños. "Acabo de llegar de viaje" —dijo, para justificar el uso de un traje impropio de la estación y las arrugas de la camisa lavada en el grifo de la azotea, ante quien camucho alabara, últimamente, sus ropas caras y ostentosas. "¿Espejuelos de sol?" —observó ella, sacándoselos con un dedo, para probarlos de cómica manera: "Se ve todo negro. ¿Esa es la moda?" "Todavía no he comido" —respondió él, mirando hacia la cocina en sombras tras del granado de ramas gachas. El perro se había echado al fondo del patio, junto a un reguero de sobras tan abundantes que nada debía quedar en las ollas. Estrella trajo una botella que aún contenía algún licor. Al llegar, el hombre había estado a punto de confiarse, sin más espera, a la única persona que esta noche podía ayudarlo. Pero ahora el alcohol, bebido de prisa, le hacía considerar la situación con mayor calma. Estaba oculto nuevamente. La casa que se cerraba a sus espaldas lo cubría y encubría. Faltaban muchas horas para que fuese el alba. Tenía por delante un tiempo amplio y propicio. Contaba de antemano con Estrella. Pero, antes de hablar, debía crear nuevamente el clima de intimidad que su desaparición de dos semanas había roto. Ella gustaba de su manera lenta y sostenida de poseerla. La tomó de la mano, llevándola hacia la cama. "Espera" —dijo ella, apagando la luz y deslizándose a su lado, luego de quitarse la pintura de labios con un papel de seda, y cubrir, con un paño, la imagen de la Virgen. Pero él había caído en un lecho sin término. La suavidad de la almohada, después de tanto revolverse en el jergón vencido, con tales agujeros que por ellos podía meterse un hombro; el licor, que le había dejado el cuerpo sin huesos, blando, de cera tibia; el alivio del peso de la pistola, dejado sobre la ropa; el seno ancho y cálido junto a su mejilla; los brazos de la mujer, más arrullo ahora que incitación: todo lo hacía descender y descender, sin prisa, deleitosamente, sueltos los miembros, hacia el gran regazo del sueño posible... Cuando abrió los ojos la luz estaba encendida. Estrella, de espalda a él, acababa de ponerse una camisa con cintas verdes en los calados. Por la luna del espejo lo miró con más indiferencia que despecho. "Ven" —dijo él. "No vas a poder" —respondió ella, pintándose la boca. Comprendido que más fácil sería conseguir que ella se desnudara de nuevo a que volviera a despintarse los labios, se sentó en el borde de la cama, con gesto de cólera. No toleraba que aquella mujer, a la que había poseído tantas veces con el varonil orgullo de vencer su insensibilidad profesional, oyéndola gemir de gozo bajo su peso, lo mirara con aburrida expresión, luego de yacer a su lado, como quien abandona una tarea vana. Ahora abría las puertas que mejor conducían a la calle, llamando al gato que, de un salto silencioso, se había desprendido del tejado, atisbando algo, con la cola inquieta. Ante el desgano de quien le suplicaba siempre, después del primer abrazo, que se quedara la noche entera, el hombre estalló. ¡Cómo tener la carne enardecida, en este momento, si todo él no era sino un vasto clamor de hambre y de miedo! Y ahora hablaba, jadeante, necesitado de hablar, de hablar hasta enronquecer, luego de tanto tiempo sin hablar. Estrella volvió a cerrar las puertas. Se acurrucó en la otra banda de la cama, escuchando con empavorecida atención. De súbito, en un encenderse de terribles luminarias, se le establecía el encadenamiento implacable de los hechos. Las horribles fotografías le habían llegado por las planas de los diarios, sin que ella hubiese visto, en su estúpida cobardía de aquella vez, el comienzo de todo. Su figura se le erguía, ahora, por las palabras del otro, en los umbrales de los tiempos del miedo, de la soledad, del hambre, en la casa lejana donde velaban a una anciana plegada en su caja, muerta con las entrañas en espera de lo robado. Al medir el abominable alcance de lo dicho para quitarse de encima a los de la inquisición, oía crecer la palabra que solía aplicarse a sí misma, en un desenfadado alarde de admitir la realidad, como devuelta por un eco de pozos profundos. No recordaba cuándo se había aficionado a sentarse en las piernas de los hombres y husmearles las camisas olientes a sudor y a tabaco, sabiendo seguro el mañana cuando dos brazos duros se buscaban bajo su cintura para ceñirla mejor. Hablaba de su cuerpo en tercera persona, como si fuese, más abajo de sus clavículas, una presencia ajena y enérgica dotada, por sí sola, de los poderes que le valían la solicitud y la largueza de los varones. Esa presencia actuaba, de pronto, como por sortilegio, alentando prolongadas asiduidades por gentes de ámbitos distintos, donde la vida tenía otros ritmos y otras finalidades. No acertaba a explicarse lo que estudiaba éste, aguardaba el otro, añoraba aquél. Ella era inmovilidad y espera, lugar sabido, entre tantos hombres de domicilios ignorados que parecían corporizarse al doblar la esquina de su calle, cuando venían, para diluirse luego en la ciudad hasta su próxima aparición. Su cabeza desempeñaba un papel secundario en la vida sorprendente de una carne que todos alababan en parecidos términos, identificados en los mismos gestos y apetencias, y que ella, subida en su propio zócalo, pregonaba como materia jamás rendida, de muy difícil posesión real, arrogándose derechos de indiferencia, de frigidez, de menosprecio —exigiendo siempre, aunque se diera en silencio cuando la apostura del visitante o la intuición de sus artes le parecían dignas de una entrega egoísta que invertía las situaciones, haciendo desempeñar al hombre el papel de la hembra poseída al pasar. Su cuerpo permanecía ajeno a la noción del pecado. Se refería a El, desintegrándolo de sí misma, personificándolo más aún cuando aludía el lugar que lo centraba, como hubiera podido hablar de un objeto muy valioso, guardado en otra habitación de la casa. "Se peca con la cabeza" —había oído decir en un sermón, mal escuchado después al advertir que unas gotas de agua bendita sacaban tintas negras del encaje de su mantilla, regalada como legítima. Pero su cabeza poco tenía que echarse en cara, puesto que actuaba en función del único oficio que podía desempeñar con merecimiento de sueldo, correcta en sus tratos, puntual en sus compromisos, generosa ante la necesidad ajena o el desvalimiento de una semejante. Las mismas vecinas del frente, mujeres casadas por la Iglesia, la tildaban de más señora que algunas dadas de honestas, sacándola de ejemplo en sus comadreos de mal hablar. Se jactaba de su franqueza, calificándose, por lo mismo, de lo que se definía con la más justa palabra. Pero ahora, al saber de aquel miedo, de aquel hambre, de aquella soledad en agonía, la palabra se hinchaba de abyección. Ya no eran cuatro letras livianas las que le venían a la boca, luego de saber; era la Palabra innoble, cargada de purulencias y lapidaciones; el insulto rodado, desde siempre, por calabozos, letrinas, hospicios y vomitorios. Un indicio, dado para desviar una amenaza sin mayor gravedad —amenaza que, de cumplirse, más hubiera afectado su comodidad que su persona—, había hecho de ella una puta. Una puta, no por los actos de su carne, sino por el desleal comportamiento que la gente respetable, las mujeres de un solo hombre, solían atribuir a las de esa condición. Esta vez había pecado con la cabeza, y tales eran los males desencadenados por su pecado, con la cabeza, que la Palabra le era gritada por voces del Infierno, sobre la inocencia del cuerpo estremecido de horror... Cuando el otro, sudoroso, jadeante, repitiéndolo en tono cada vez más alto para mayor afirmación de que era sincero, le contó de sus rezos e imploraciones, de la portentosa novedad de Dios en su vida, Estrella se quebró en un sollozo. Fue él, ahora, quien la tomó en brazos, acostándola a su lado. Antes de apagar la luz, le quitó la pintura de labios con un trozo de papel de seda.

Estrella, ahora, no volvía a pintarse los labios. Con un pañuelo untado de alcohol se limpiaba el rostro, de espaldas a él. Sin afeites, sus ojos se ahondaban en la piel mate, algo terrosa, de los crecidos en el humo del carbón de leña, bajo un pelo espeso, hincado de peinetas. Sacó del armario su vestido negro de visitar las Estaciones en Semana Santa y los zapatos teñidos de negro, que guardaba en previsión de pésames y velorios. Royendo un mendrugo mojado en la salsa fría de una olla —todas las sobras habían sido echadas al perro— el hombre sentía un inesperado sosiego, luego de haberla poseído. "Más que comida, era lo que me hacía falta" —pensaba. Y volvía a describirle la casa insistiendo en los detalles. La mujer no conocía aquel barrio distante, por el que sólo había pasado alguna vez, viniendo del Jardín Zoológico, donde se asombrara ante unos animales muy raros. Además, todo lo que estaba situado fuera de su ámbito parroquial le era tan ajeno como lo que se hallaba en la otra orilla de la bahía o más allá de las fortalezas antiguas. Hablaba de barrios llamados Orfila, el Nazareno, Palatino, como si se tratara de ciudades remotas en cuyas calles pudiera un hombre andar extraviado, perdido el rumbo, durante días. Sus caminos conocidos se tendían de iglesia en iglesia, cuando recorría las estaciones de la Semana Santa. La "visitaban"; ella no visitaba a casi nadie. Por lo mismo, era necesario fijarle la imagen en la mente; de las cuatro esquinas era la del jardín y las rejas altas. Dos pisos, los portales con toldos verdes y mecedoras de niños. Había estatuas pintadas de blanco en los canteros de gladiolos y margaritas. Se veían desde la calle: una mujer, envuelta en un velo, con una manzana en la mano. ("¿Eva?" —preguntó ella); la otra, con una lanza y un casco, como un militar. (Antiguamente las mujeres peleaban como los hombres: su abuelo se lo había contado.) Y dos leones, uno a cada lado de la entrada, con una argolla negra en la boca. (Como los del monumento que se alzaba a orillas del mar: el del águila sobre columnas.) No se llamaba por aldaba (como aquí), sino tirando de una cadenita que colgaba junto a la puerta, a la derecha. Tampoco se insistía demasiado (como aquí), sino que se esperaba un poco cada vez. (¿Se creería él que era tan desconocedora de los buenos modales?) Tenía que entregar la carta al Alto Personaje. Y exigir una respuesta sin evasivas. Darse por muy enterada de la Gestión, para comprometerlo más: tono cortés, pero firme, de mujer dispuesta a esperar toda la noche si fuese necesario. En caso de impaciencia del otro adoptar el acento ambiguo, irónico, inquietante, de quien mucho sabe. Si encontraba resistencia en ser recibida; si el camarero de uniforme blanco iba y venía, invitándola a regresar mañana, hablar de "una desgracia", sin ir más allá: las malas noticias abren puertas. Si el Alto Personaje había salido, tratar de quedarse en el pequeño salón, de estilo español. (¿Habría entendido lo del arcón tallado y las dos armaduras de guanteletes al descanso sobre las empuñaduras de los mandobles?) Y si no la dejaban estar allí, esperar afuera, junto a la verja. Debajo del álamo había un banco muy conocido por los solicitantes. De las cuatro esquinas era la del jardín y las rejas altas... Cuando Estrella se volvió hacia él, de rostro limpio, enlutada, sin más adorno que una medalla religiosa pendiente de una cadenilla, tuvo ganas de reír al encontrarla, de pronto, tan parecida a cualquier alumna de la Academia de Corte y Costura. "Pareces una señora" —dijo, dándole el billete nuevo que guardaba en la hebilla del cinturón. Y, mirando entre las persianas, vio como llamaba un auto de alquiler. Eran las ocho. Aquella gente comía tarde. Al quedar solo en la casa se sintió seguro, cobijado, dueño de la noche, cuyas horas lo acercaban al término de las angustias. Se vistió lentamente, dando manotazos al traje, para tratar de devolverle alguna línea. Sobre el patio se espesaban las nubes, tintas de rojo-morado por las luces de la ciudad. Más allá, tras del granado, era el comedor de la alacena vacía, con su hule a cuadros, y, en las paredes, los platos ornados de góndolas y castillos, gatos que jugaban con ovillos de lana, bahías de Nápoles y herraduras sobre rosas. Bebió el licor que quedaba en la botella, repitiéndose el texto de la carta que, a falta de mejor papel, había escrito sobre uno de esos pliegos pautados en azul que se venden al menudeo, con dos sobres, por si emborrona la dirección del primero. Quiso hacer algo para poner las circunstancias a su favor, rogando porque el destinatario estuviese en la casa, la emisaria fuese recibida en el acto y regresara con alguna noticia liberadora. Tomó el librito de la Cruz de Calatrava, llevado en el bolsillo como objeto de buen augurio, y se arrodilló ante el San José ornado de rosarios, tenuemente alumbrado por una luminaria, que estaba en el último cuarto, recitando a media voz la oración del Mediador entre Dios y los pecadores miserables: "Poderosísimo patrono y abogado nuestro, a quien Dios, como a Moisés, escogió no para guardar una arca material, sino para custodiar la verdadera Arca del Testamento, María, en cuyo vientre purísimo tomó carne humana el supremo legislador Jesucristo..." Al terminar tuvo la duda de si había contado nueve o diez plegarias, y se impuso once recitaciones más. Pero como alguien llamara a la puerta —un cliente de Estrella, sin duda— apagó todas las luces y quedó agazapado en tinieblas, atento a los ruidos de la calle, donde se iba apretando, por momentos, el tránsito de carga hacia el mercado. Durmió un poco; o tal vez no; pero aquel cartabón que buscaba su mano no podía sino venirle de un sueño muy corto, con el cuerpo mal arrimado a la pared. No había tal cartabón. Pasaron varios camiones. Y, después de larga espera, cuando la confianza se le iba enturbiando de impaciencia, las voces de una áspera discusión, frente a la casa, lo irguieron en un sobresalto. Estrella trataba de aquietar a un hombre que la interpelaba a gritos, burlonamente, para hacerse oír de los transeúntes a quienes tomaba por testigos. Sonó la cerradura y la mujer entró de carrera blandiendo el billete nuevo que él le hubiera entregado para pagar el auto. "El chofer dice que es malo. Yo no tengo..." Ahora la aldaba golpeaba la puerta, hallando potentes ecos en las habitaciones del fondo. "Dice que los billetes que tiene el General con los ojos dormidos son malos. Yo no tengo. Hoy pagué la casa." El acosado tomó el billete y se dio a examinarlo, estupefacto, estirándolo a la luz, volviéndolo, mirando y remirando, mientras el de afuera seguía con sus gritos y burlas. "Yo nunca doy encándalos" —gemía Estrella. "Soy persona de orden." Un policía se acercaba sin prisa a la puerta que seguían atronando a aldabonazos. "Vete: yo voy a arreglar esto" —dijo la mujer, señalando el último cuarto donde, al lado del San José de los rosarios, una ventana daba sobre un solar yermo. Mientras él regresaba a las sombras, la puerta volvió a abrirse y se oyó un confuso coloquio. El del auto, aplacado, había aceptado el trato y daba excusas, ahora, por haber alborotado de tal manera, contando sucedidos de dineros falsos, pasados de noche para mejor engaño. Luego, fueron cuchicheos y risas. Y, de repente, la voz de Estrella, en tono exageradamente fuerte, para ser oída hasta más allá del patio: "Te digo, mi amor, que estamos solos en la casa; si quieres, mira." Hostigado por la advertencia, el acosado pasó una pierna por sobre el marco de la ventana y saltó a la obscuridad. Cayó, resbalando, en un montón de papeles mojados, revueltos con frutas podridas, plumas, ostras —desechos del mercado que mañana, tras de los perros, revolverían los buitres. Y tal fue su cansancio, de pronto, que permaneció un tiempo allí, inmóvil entre cáscaras frías y escamaduras, sin resolverse a andar. Caída de arriba, una colilla arrojada por el hombre le hincó la mano con sus briznas encendidas. Era algo raro, con su aldeano papel de maíz, del que ya fumaban muy pocos. Sacado de su inercia por el dolor, se puso de pie, inseguro del rumbo. Buscó sus anteojos obscuros; habían quedado sobre una mesa de mimbre trenzado, cerca de la cama de Estrella —lo recordaba. Los faros de un auto que doblaba la esquina hicieron correr su sombra a lo largo de la pared.

Ahora se afanaba en desmanchar su traje azul junto a la vieja fuente —bebedero de caballos y de mulas en el tiempo de los carretones que bajaban a la ciudad, a prima noche, al ritmo de un cansado cabecear de cascabeles. A falta de estopa, frotaba la tela con un puñado de paja, mojada en el agua todavía tibia del sol. Pero le pareció, en el momento, que unos cargadores lo observaban demasiado. A pesar de que nada podía temer de tal gente, se alejó por una calle sucia de tronchos de col caídos al arroyo, de frutas pisoteadas sobre las rejas de las cloacas. El camino hacia la casa de la Gestión, aun evitándose todo rodeo, era largo. Lo pensaba en valores de árboles, por necesidad de sombras; y de montes, por descorazonamiento ante las cuestas, como si se tratara de una interminable ruta en despoblado. Estuvo por tocar a la puerta de Estrella, para hacerla asomar; pero recordó que cuando estaba con alguien apagaba todas las luces del frente y no respondía a las llamadas, sabiendo que algunos, capaces de volver más tarde si la creían en diligencias de barrio, tenían escrúpulos en yacer en sábanas todavía calientes de otro. Por lo demás no podía confiarse al azar de que la mujer despachara prontamente al del auto, ya que éste abusaría de lo dado en pago, permaneciendo, acaso, hasta pasada la media noche. Era preciso, pues, llegar "allá" cuanto antes, y saber, saber por fin, de una vez, sin aplazamientos ni evasivas, si mañana terminaría la noche que duraba desde hacía tanto tiempo. Bien poco pedía él: un visado, algún dinero, y gente —eso: ¡gente!— que lo rodeara en el último momento. Aquel a quien hablaría ahora era Hombre de Palacio. Se le había librado de un adversario temible con un libro enviado por correo que explotó al ser abierto. Había sido preciso conseguir un volumen espeso, fuertemente encuadernado, en cuyo papel pudiera cavarse una suerte de fosa —"Antología de oradores: de Demóstenes a Castelar", en edición madrileña, de comienzo del siglo, con tapas de becerro. La máquina infernal se colocó muy exactamente entre Cicerón y Gambetta. Desde entonces, el preparador del tomo había caído con los otros, sin denunciar —o "cantar", como llamaban a eso. Sólo él —sobreviviente que andaba entre las cortinas de hierro de una tortuosa calle de tiendas cerradas— conocía el secreto del envío. Para constancia, conservaba oculta la boleta del paquete certificado, remitido con falso nombre. Recordándolo si fuera necesario, amenazando con enviar su copia a los periódicos, con amplio escrito aclaratorio, obligaría al Hombre de Palacio a actuar sin más demoras. "No salgas de donde estás y espera" —le había mandado a decir. Pero la espera era cumplida en demasía, y una muerte, venida a su encuentro, acababa de arrojarlo del Mirador. Pensó, en aquel instante, que algunos males por bien le venían. Aquella muerte de la vieja era, tal vez, el último acto de bondad que debía a quien lo hubiera nutrido, un tiempo, con la leche de sus pezones... Apretó el paso, con un renuevo de valor, pensando que había sido tonto despachar a Estrella para pedir lo que él, mejor que nadie, tenía el derecho de pedir. Desembocó a la amplia avenida de doble hilera de árboles, donde velaba la estatua del Rey Español, con peluca toisón y terciopelos de mármol, entre columnas de gran época, que, junto a las columnas embadurnadas de anaranjado y azul, de los portales vecinos, parecían los restos señeros de un triunfo antiguo, en medio de los tornasoles y ocurrencias de una arquitectura repostera y cuarterona. Pasó frente a la altísima flecha gótica cuyos arbotantes se abrían sobre una tienda de caracoles y amuletos para ritos negros, y, cruzando por el portal de la Gran Logia, esquivó las hoces del Partido, cuya Central permanecía iluminada para alguna reunión de célula. Apurando el andar, recordó que de eso también había renegado, a poco de llegar de Sancti-Spíritus, y buscó una útil excusa en el gesto de persignarse ante la Virgen de un zaguán. Más allá eran las rejas severas del Jardín Botánico, con sus canteros empavesados de términos latinos, bajo árboles enfermos de orquídeas; sus Victoriarregias abiertas sobre aguas dormidas, entre malangas gigantes, moteadas de luces frías por los focos del alumbrado. Detrás, pintada en negro sobre nubes rojizas, se alzaba la prisión sobre su colina de empinadas laderas, afincada en contrafuente de vieja fortaleza española, semejante a las que, en estas islas, edificara —a demanda del Campeón del Catolicismo— un arquitecto militar italiano, grande de ingenio en ocultar mazmorras, corredores y celdas secretas en las entrañas de la piedra. El fugitivo se estremeció al recordar que era allí —cerca de la cuarta atalaya, junto a la tronera de los gritos— donde, no hacía tanto tiempo, su carne más irremplazable se había encogido atrozmente ante la amenaza del tormento. Como los árboles se espesaban, buscó sus sombras para librarse del abominable recuerdo. Se detuvo, sin resuello, al pie de la colina de la Universidad, en cuyas luces bramaban los altavoces. La iluminación, inhabitual a esa hora, le recordó las representaciones dramáticas dadas por los de Literatura, que se ofrecían, de tiempo en tiempo, en el Patio de las Columnas. Centenares de espectadores asistían, sin duda, a alguna tragedia interpretada por estudiantes vestidos de Mensajeros, de Guardas y de Héroes. El acosado midió, en aquel instante, lo corto que le había sido el tránsito entre aquel edificio de altos peristilos, con el HOC ERAT IN VOTIS que podía leerse a distancia, bajo alegorías del Saber, y la fortaleza expiatoria, tenebrosa, donde le tocara vomitar abyectamente —"cantar", llamaban a eso— lo aprendido de hombres encontrados, mal encontrados, en los pasillos de las Facultades. Bramaron los altavoces en alterado diapasón de Atridas, y bramó el coro una estrofa que detuvo al fugitivo a la orilla de una cuesta yerma, erizada de espinos: "Las imprecaciones se cumplen; vivos están los muertos acostados bajo tierra; las víctimas de ayer toman

en represalias la sangre de sus asesinos..."
La brisa, girando, se había llevado las palabras. El hombre se sentó en el borde de la acera, al amparo de un álamo copudo que arrojaba semillas negras sobre el cemento levantado por sus raíces. Todo había sido justo, heroico, sublime, en el comienzo: las casas que estallaban en la noche; los Dignatarios acribillados en las avenidas; los automóviles que desaparecían, como sorbidos por la tierra; los explosivos que se guardaban en casa, entre ropas perfumadas con mazos de albahaca —junto a los impresos traídos en cestas de panadería o en cajas de cerveza cuyas botellas habían quedado reducidas al gollete. Eran los tiempos de la sentencia pronunciada a distancia, del valor sin alarde, del juego a vida o muerte. Eran los tiempos de la ejecución deslumbrante, cumplida por un emisario de sonrisa implacable, hallada al abrirse un libro, al recibir un presente de Pascuas, envuelto en papeles ornados de muérdagos y campanas. Eran los tiempos del Tribunal...

(...Aunque haya tratado de encubrirlo, de callarlo, lo tengo presente, siempre presente; tras de meses de un olvido que no fue olvido —cuando volvía a encontrarme dentro de la tarde aquella, sacudía la cabeza con violencia, para barajar las imágenes, como el niño que ve enredarse sucias ideas al cuerpo de sus padres—; tras de muchos días transcurridos es todavía el olor del agua podrida bajo los nardos olvidados en sus vasos de cornalina; las lucetas encendidas por el poniente, que cierran las arcadas de esa larga, demasiado larga, galería de persianas; el calor del tejado, el espejo veneciano con sus hondos biseles, y el ruido de caja de música que cae de lo alto, cuando la brisa hace entrechocarse las agujas de cristal que visten la lámpara con flecos de cierzo. El monje del higroscopio suizo está orando en su reclinatorio, con la capucha medio puesta, pues cayeron algunas gotas de lluvia cuando entrábamos. Sabemos todos lo que aquí va a decirse; sabemos todos que serán usadas las armas, ya cargadas, que están tras de la mampara. Y sin embargo, se tiene esto por necesario, para poder acabar de una vez con manos más firmes. Son los tiempos del Tribunal. Oigo el gorjeo de los pájaros en su jaula de barrotes dorados, que tiene cimborrios de filigrana y puertas de vidrio, y veo las tortugas que bostezan lentamente, sacando la cabeza del estanque de aguas turbias. Todo cobra una enorme importancia, en aquel instante del tiempo suspendido —todavía suspendido, como si todo lo que hubiera ocurrido después le fuese anterior. Entran y se sientan, tras de la mesa, los de Derecho que oficiarán de jueces, y entra el acusado fumando una breva cuya ceniza trata de conservar lo más posible, en alarde de una calma que no se empareja con su palidez y el no saber qué hacer con las piernas. El Fiscal, que se ha puesto corbata obscura donde todos aguardan en mangas de camisa, habla ahora del atentado al Canciller: estaban estudiados sus itinerarios, elegido el lugar de la ejecución, dispuesto el apostadero de hombres con los periódicos abiertos o cerrados, señalando el más favorable camino para la fuga; los transformadores de carrocerías, con sus sopletes, sus aerógrafos, sus pinturas al éter, devolverían un auto desconocido, aquella misma noche. Fue entonces cuando los imaginativos propusieron la galería subterránea. Y tanto era el deseo de acabar de una vez —de hacer volar al hombre con todos sus dignatarios— que empezó a cavarse un túnel partiéndose de las laderas del río, hacia el panteón de familia, cuyo ángel blanco, de anchas alas abiertas, tenía las manos unidas en plegaria. Debajo de la última bóveda vacía colocaríamos las cargas destinadas a ser percutidas cuando alguien pronunciara el panegírico. Trabajábamos de noche, hundiéndonos un poco más, cada vez, en la tierra arcillosa, hedionda a albañales. Cuando supimos, por los basamentos atacados a pico, que ya estábamos debajo de las tapias del cementerio, el hedor era tan atroz que algunos cavadores se desmayaban, y tenían los de Medicina que reanimarlos con pócimas preparadas por los de Farmacia. Proseguía el horroroso relevo hasta el alba, cuando los primeros gallos de los pescadores terminaban con aquel oficio de tinieblas, que alargaba lentamente su camino, bajo cruces y capillas, hacia el ángel blanco tomado por norte... "¡Defiéndete!" —grito yo, cuando el Fiscal señala al Delator, cuyas palabras habían malogrado aquel trabajo magno, costándonos varias vidas. "¡Defiéndete!" —gritan todos, invocando la ignorada razón, la coerción intolerable, la imposible sorpresa, que pudieran dejar las armas en la cama del cuarto de mamparas —inertes las palas, al pie del tronco más espeso. Pero el agobiado se encoge de hombros, y sus espaldas vencidas de antemano vuelven a aceptar lo que tanto sabíamos... La palabra "muerte" es pronunciada. Y luego de lo dicho, del verbo que es término, de la palabra que es desplome de creación, se alarga el silencio. Silencio ya en "lo después". En lo que ya dejó de ser; pálpito y movimiento que ya saben del hierro arrojado a la rueda maestra, de la tierra que caerá sobre la todavía caliente inmovilidad de lo detenido. El cuerpo presente —presente ya ausente— se desprende el reloj de la muñeca, sin prisa, porque ya se sabe fuera del tiempo; le da cuerda, por hábito conservado por el pulgar y el índice de su mano derecha; lo deja sobre la mesa, legándolo a otro, y mira, por última vez, las agujas de una hora que no terminará para él. Es el cuerpo que me maravillaba en las duchas del Estado, cuando volvía de ser aclamado, sudoroso, sucio de mataduras, con olor a bestia, y caían las felpas que envolvían los pelajes de su lomo. Quería, para mi propio cuerpo, esos dorsales que tan blandamente se movían sobre su osamenta; ese vientre que se recogía entre las caderas, hasta apretarse en negruras; esas piernas alargadas por el salto, que corrían hacia el agua, bajo un pecho que acababa de soltar un sobrante de energías, cantando y gritando. Y eran palabras horrendas mientras se enjabonaba la cabeza, proclamando que aún le quedaban ganas de hembras, de música, de licor. Podían escribirme los intelectuales de mi provincia —asiduos contertulios de la sastrería, contempladores de la fuente a cuya sombra meditara Heredia—, que los músculos eran necios y grande el espíritu. Yo envidiaba aquella carne ceñida a su contorno más viril, que vivía entre nosotros, inalterada por sus propios excesos, levitada por la garrocha, volando sobre los obstáculos, arrojando jabalinas de guerrero antiguo. Ahora, una miserable espalda se redondeaba allí, frente a los Jueces, como contando sus postreros latidos. Y hay que levantar la mano y sentenciar. Son dos, cinco, no sé cuántas manos. La mía permanece inerte, colgante, buscando un pretexto para no alzarse en el lomo de un perro que mece la cola al pie de mi silla. "¡Defiéndete!" —digo aún, con voz tan queda que nadie la oye. Y es, en la espera de todos, mi codo que al fin se mueve, elevando dedos cobardes al nivel de otros muchos. Todos abrazan al sentenciado, sin mirarle la cara. Recogen sus armas los ejecutores. Y, poco después, es una descarga al pie del árbol de tronco más espeso. Me asombro ahora, ante lo que yace, de lo simple que es tronchar una existencia. Todo parece natural: lo que se movía, dejó de moverse; la voz enmudeció en la bocanada de sangre que ya viste, como un esmalte compacto, el mentón sin rasurar; todo lo que pudo sentirse fue sentido, y la inmovilidad sólo ha roto un ciclo de reiteraciones. "Era necesario" —dicen todos, con la conciencia en diálogo, buscándose en la Historia. Y se dispersan en la noche, sin tener ya que esconderse, que desconfiar de las sombras, pues los tiempos cambiaron, repitiendo con tono cada vez más alto que "eso" era necesario para entrar con mayor pureza en los tiempos que cambiaron. Y el diapasón se alza, mientras más lejos les queda el cadáver... Duermen los pájaros bajo sus cimborrios de filigrana; las tortugas siguen sin moverse, sacando la cabeza del estanque turbio. El fraile del higroscopio suizo ha bajado la capucha —lo recuerdo—, pues cayeron algunas gotas de lluvia, pronto sorbidas por las tejas resecas. Sobre el árbol de tronco más espeso se detienen las moscas, buscando los plomos que traspasaron. En una de sus ramas, con secos graznidos de ave nocturna, canta un sapo. Eran, aquellos, los tiempos del Tribunal...)

...Los tiempos del Tribunal, pues hacía dos, tres años, entonces, que la exasperación hubiera desatado lo terrible a la luz del sol, emplazando y derribando, en un desencadenamiento de furias expiativas que se volvían, implacables, contra los débiles y los delatores. Pero, luego de lo necesario, de lo justo, de lo heroico; luego de los tiempos del Tribunal, fueron los tiempos del botín. Librados de represalias, los descontentos se dieron a la explotación del riesgo, por bandas, partidas armadas, que traficaban con la violencia, proponiendo tareas y exigiendo premio, para volver a desatar las furias a la luz del sol, en provecho de éste o aquél. La misma policía huía de esos Temibles, a sueldo de protectores poderosos, para quienes siempre tenían fisuras las murallas de las prisiones. Todavía se afirmaba que aquello era justo y necesario; pero cuando el arrojado del Mirador, el sentenciado de ahora, regresaba de una empresa, tenía que beber hasta desplomarse, para seguir creyendo que lo hecho hubiera sido justo y necesario. Se había puesto precio a la sangre derramada, aunque ese precio se fijara en términos de revolución. Y al recordar el uso hecho, en aquellos días, del vocablo encubridor, el hombre sentado en la acera crispó la mano que hubiera pedido una muerte. Miserable era ahora su espalda que se redondeaba en la sombra de los álamos, temerosa de ver encenderse en la noche la mirada de los ejecutores... (Cargadas están las armas en alguna parte, como las que descansaban en la cama aquella, tras de la mampara, acoplados los gatillos, las culatas, las bocas, con las balas puestas antes de pronunciarse la sentencia. "Defiéndete" —dije. Pero dije sin querer que fuese oída mi voz. Dije para mí; para poderme decir que había dicho. Llego a preguntarme ahora si dije, o sonó en mí el eco de lo dicho por los otros. Y aquel tránsito, esquivando su mirada, hacia el tronco más espeso que mudaba de corteza —lo recuerdo— como este que ahora pone en mis uñas un olor a almendras amargas. En una de sus ramas ha cantado un sapo, como la tarde aquella; como la tarde aquella, en que me creí autorizado a sentarme a la derecha del Señor...) Estaba asqueado, con náuseas de todo lo vivido desde entonces; con ansias de arrastrarse al pie de un confesionario para clamar que nada había sido necesario; para vomitar tales culpas que le impusieran penas excepcionales, las más terribles que la Iglesia hubiera instituido, complaciéndose en la idea de que tales penas existían para quienes pudieran volcar abominaciones semejantes a las suyas. Se tiró de bruces entre las raíces del álamo —tan bruscamente que sus dientes, al topar con algo, le pusieron en la boca el sabor de su sangre— al ver que dos hombres bajaban lentamente la acera en cuesta, hacia donde las sombras lo resguardaban. "Un borracho" —dijo el mayor, inclinándose un poco. "Puede haber muerto de un ataque" —opinó el que no quería mirar. "Ya lo recogerán mañana." Los dos transeúntes se alejaron hacia la avenida. También para ellos era la muerte algo fácil. Un cadáver, tieso, se hace una cosa de llevar o traer; algo molesto, porque mucho pesa y mal se deja cargar, aunque no se le pueda dejar así, en la calle, por una cuestión de "forma". Tiene de gente y evoca, por su contorno, un cierto transcurso que debe cerrarse debajo de las raíces y no encima. "Ya lo recogerán mañana" —repitió el mayor, ya lejos, como para eximirse del deber de avisar. El fugitivo se levantó, sacudiendo las hormigas rojas que le corrían dentro de las mangas. Sus hincadas lo espolearon a andar. Se detuvo, a poco, para cerciorarse de si aquellos pasos, que sonaban en la otra acera, eran los suyos. La brisa, pasada de sur a norte, volvía a traer el bramido de los altoparlantes, con sus coros de mujeres, en el que se destacaba, por lo agudo del timbre, la voz de una estudiante de farmacia que le era conocida: "Volved pronto al vestíbulo para terminar con el segundo asunto, así como habéis hecho con el primero." Y respondía un hombre: "No temas que sabremos rematar la tarea." —"Pero pronto: ¡por el camino que quieras!" —aullaba, apremiante, alguna Electra. Tenía razón la voz. Era preciso apresurarse y llegar allá cuanto antes, por cualquier camino. Tampoco había un mal presagio en el "sabremos rematar la tarea", de la otra voz... Frente a él se abría, hasta el mar cerrado por nubes palpitantes de relámpagos lejanos, la avenida en descenso, donde varios Presidentes, con espesas levitas de bronce, se erguían en zócalos de granito, estatuados en talla heroica sobre los vendedores de helados y cosas frías que sacudían sus campanillas de viático. Aquí había que andar a lo largo de las casas, pues las palmeras, de copas más altas que los más altos focos, no hacían sombra. El fugitivo alcanzó la calle obscura del café triste, con sus columnas de madera verde que remedaban un toscano escuálido, y a grandes trancos llegó a la esquina donde la Casa de la Gestión, sin paredes, quedaba reducida a pilares todavía parados en un piso de mármol cubierto de piedras, vigas, estucos, desprendidos de los techos. Ya se habían llevado las rejas, y los leones que mordían argollas. Un camino de carretillas, apuntado a lo alto, atravesaba el gran salón, para desembocar en un cuarto de servicio, donde varias palas se aspaban sobre un montón de restos informes. Junto a la verja de garabatos andaluces, la Pomona del jardín estaba tendida, con zócalo y basa, entre las gramas salpicadas de yesos de una platabanda. Un perro dormía bajo el aviso pintado a espesos brochazos en una duela rota:

SE REGALAN ESCOMBROS

Quedaba una pared a la última habitación; una carretilla volcada ocupaba el lugar del bargueño cuya taracea le hubiera divertido tanto, aquella vez, por sus motivos de peleles manteados y de chisperos brincando toros a la pértiga. Era difícil, por lo demás, reconstruir mentalmente el moblaje de aquel despacho, cuya mesa se hubiera adornado de un tintero sin tinta, con águilas de bronce y secantes montados en cordobanes repujados. Pero el estar sentado ahí, en aquel rincón que no alcanzaba la luz de un foco cercano, bastaba para que el momento de la fisura se le hiciera muy presente. Hasta aquel momento, todo había sido arrojo, olvido de sí mismo, sagrada furia, en los terribles trabajos del escuadrón. Lo habían enseñado a falsificar placas de tránsito, a andar con dinamita, a recortar los cañones de los fusiles, cargándolos luego con dos partes de perdigones finos y una del grueso; sabía de claves y criptografías, restando al alfabeto la palabra HIPOTENUSA —elegida por no tener letras repetidas—, para disponer nuevamente los caracteres en hileras desordenadas, que respondían, así, a un orden secreto; descifraba el lenguaje de los periódicos abiertos o cerrados, y habían hundido el pico en la greda hedionda a albañales, amasada con podredumbre de ataúdes, de aquella galería que debía alcanzar la bóveda del Canciller —por debajo del cementerio de los pobres de solemnidad— para hacer volar en sus funerales a todos los aborrecidos. "Bien muerto, el perro" —solía decir, en aquellos tiempos, con encono, al paso de ciertos entierros presurosos, cuyos enlutados andaban con miedo por entre las tumbas, mirando, desconfiados, hacia el tronco de los cipreses. "Bien muerto, el perro" —repetía, ante las esquelas orladas en negro, de los periódicos, cuyos "Requiescat-in-pace" le parecían demasiado indulgentes... Y un día le tocó disparar a su vez; era en la ancha avenida de los Presidentes de Bronce. El emplazado parecía feliz en el frescor mañanero, haciéndose llevar por el camino del puerto para gozar de la brisa: sus dedos tamborileaban una melodía en el metal de la portezuela verde. Un rubí le enjoyaba el anular. Los perseguidores se acercaban a la justa velocidad, levantando las armas del piso del automóvil, sin que los cañones se entrechocaran. "Quita el seguro" —le advirtió el de la derecha, sabiéndole bisoño en la tarea. La nuca, a poco, se le colocó tan cerca que hubieran podido contarse las marcas dejadas en ella por el acné. Luego fue un perfil; una cara empavorecida, dos ojos suplicantes, un aullido y una descarga. El auto acribillado se arrojaba con estruendo de chatarra sobre una de las proas de galeras que flanqueaban el monumento a los Héroes Marítimos, mientras los perseguidores huían por una avenida transversal. "Bien muerto, el perro." Pero aquella noche, sin embargo, le había sido necesario beber hasta aturdirse y caer atontado en la cama de Estrella, para olvidar la nuca marcada de acné que había estado ahí, al cabo de su arma —casi al alcance de su mano. Poco después, al saber de alguien repentinamente favorecido por esa muerte, le habían asaltado dudas, pronto acalladas por los que a su alrededor manejaban diestramente las Palabras que todo lo justificaban. "La revolución —decían— no ha terminado aún." Y, de peldaño en peldaño, arrastrado por manos cada vez más activas, fue pasando a la burocracia del horror. El furor primero, el juramento de vengar a los caídos, el HOC ERAT IN VOTIS pensado ante los cadáveres de los condenados, se hicieron un oficio de rápidos provechos y altos amparos. Y, una mañana, sentado ante el bargueño de taracea goyesca, había aceptado un salario por dirigir la preparación de cierta "Antología de Oradores", y remitirla por correo. Cuando lo prendieron, al día siguiente, cerca del café del mercado a donde iba siempre que salía de la casa de Estrella, comprendió que la policía actuaba por mera sospecha, sin indicio preciso, puesto que la papeleta del certificado estaba bien oculta, y el Preparador había huido de la ciudad, al saber que el libro había estallado en las propias manos de su destinatario. En cuanto al Alto Personaje, era el más interesado en callar... Recordaba el paso por el puente levadizo de la fortaleza; las negras gateras, de las que aún colgaban cadenas mohosas; el camino por corredores y celdas donde nunca se apagaba la luz, para impedir que los hombres echados en camastros de lona y cañería se ayuntaran en el suelo, como bestias. Y luego de dos días de olvido, sin alimento —sin alcohol, después de tanto beber durante meses— había sido la luz en la cara, y las manos que empuñaban vergajos, y las voces que hablaban de llegarla a las raíces de las muelas con una fresa de dentista, y las otras voces que hablaban de golpearlo en los testículos. La idea del atentado a su sexo se le hizo intolerable, fuera de todo derecho, de todo poder. El había matado, pero no había castrado. Y ahora iban a mutilarlo de sí mismo; iban a secarlo en vida, privándolo del eje donde el cuerpo había puesto su heráldica, sus más íntimos orgullos, alardeando de la infalibilidad de una fuerza a sí debida. Dentro de algunos minutos sería puesto sobre el camino de la vejez, privado de pálpitos futuros, de posesiones innumerables, muerto para otras carnes. Su realidad se quebraba, se desgarraba, bajo las luces encendidas sobre su cara, como las de una sala de operaciones, al sonido de voces cada vez más próximas —espantosamente acrecidas por la resonancia de aquella galería de bajo adarve— que hablaban de herirlo en su lozanía, de emascularlo, de malograrlo, de evirarlo. Las manos que se acercaban a su rictus, el sudor de sus miembros, exasperaban la aprensión de un dolor que le hubiera dolido menos en otra región de su ser. Ahora vendría el desplome de todo; una muerte anterior a la muerte, que habría de sobrellevar a lo largo de inacabables días sin abrazos, cargando con el peso de su propio cadáver. La primera mordida de una pinza le arrancó un grito de bestia, tan largo y desolado, que los otros, tratándolo de cobarde, se lo acallaron de una bofetada. Y cuando volvió a sentir el metal sobre su piel recogida, clamó por la madre, con un vagido ronco que le volvió en estertor y sollozo a lo más hondo de la garganta. Y, con los ojos fijos en las luces que le llenaban las pupilas de círculos incandescentes, abriendo las manos sobre lo suyo, con gesto de recobrarlo, de atraerlo a sí, de reintegrarlo a su carne, empezó a hablar. Dijo lo que quisieron; explicó la perpetración de atentados recientes, y, para menguar sus propias culpas, poniéndose de acólito, de comparsa, pronunció los nombres de quienes, a estas horas, dormían en los divanes de cierta villa de suburbios, o bebían y tallaban cartas en la larga mesa del comedor, con las armas colgadas del espaldar de las sillas. Colmados por tantos informes y revelaciones, los interrogadores aceptaron que él nada supiera de la preparación y envío del libro, causante de dos muertes, atribuyendo el trabajo a la actividad colectiva del equipo. Y cuando el hombre desnudo, asido de su sexo, afirmó que no sabía más, lo devolvieron a su celda, con un cigarrillo en premio de su delación. Y fue nuevamente el encierro, con los pasos en el corredor y el miedo atroz de que todo volviera a empezar. Al amanecer, en recado enviado al Alcalde, pidió que se diera noticia de su prisión al Hombre de Palacio.

Media hora después era puesto en libertad, por orden de un Secretario del Despacho... Atravesó el puente levadizo y bajó lentamente por la colina de la fortaleza, extrañado de su emoción ante el despertar de las calles, luego del tránsito por el infierno. Era como el inicio de una convalecencia; un regreso al terreno de los hombres. No tenía hambre, siquiera; ni ganas de acercarse a los grandes mostradores de caoba, donde los bebedores mañaneros derramaban las primeras gotas de licor, antes de probarlo, en ofrenda a las ánimas. Los álamos, bajo una luz suavemente aneblada, gorjeaban por todas sus plumas. La flecha de la iglesia del Sagrado Corazón, de una blancura difuminada, opalescente, elevada su Virgen de mármol por sobre el aldeano cimborrio de San Nicolás, donde, a esa hora, oían misa las negras ancianas, de muchas canas y muchos rosarios, que cumplían promesas al Nazareno llevando el sayal violado ceñido por un cíngulo amarillo. Y rebrillaban, en el sol mañanero, las cúpulas de mosaico encarnado, las cruces doradas, las espadañas cobrizas, del Carmen, de San Francisco, de las Mercedes, en el despertar de las azoteas orladas de balaustres, donde las lavanderas tendían sus ropas sobre un fondo de mar tan envolvente y alto, que las barcas de pesca parecían navegar por encima de los tejados. El libertado fue a su alojamiento, gozándose del frescor de los portales, del olor de las frutas puestas en balanzas, del humo de los tostaderos de café —descubriendo, como quien regresa del hospital, la untuosidad de la mantequilla, el crujir del pan entero, el manso esplendor de las mieles. Durmió hasta el mediodía, en que fue despertado por los voceadores de una edición especial. Los periódicos mostraban cadáveres yacentes en una acera que le era bien conocida, charcos de sangre entre muebles derribados, agonizantes en mesas de operaciones, y unas ventanas —la de la cocina y la despensa— por donde habían huido unos pocos, arrojándose a un barranco. Aquella misma tarde, cuando se dirigía a la casa del Alto Personaje —casa que ahora sólo tenía paredes de aire— halló a tiempo el resguardo de una columna, para librarse de una andanada de balas, disparadas desde un automóvil negro, de placa oculta por una maraña de serpentinas —pues se estaba en carnavales.

El perro despertó, y, mirando hacia las sombras de arriba, se dio a ladrar sin saña, monótonamente, con un ladrido tras otro ladrido, interrumpidos por pausas de girar sobre sí mismo, en busca de las inalcanzables pulgas de su cola rala. El acosado se levantó pesadamente y descendió por el camino de carretillas, entrando por el cielo raso en el salón donde todavía se dibujaban, sucias, desteñidas, las siringas y panderos de una alegoría pompeyana. En el umbral de la puerta sin batiente, lo esperaba el perro, ladrando con desgano. "No valgo el trabajo de una mordida" —pensó el hombre, atravesando el jardín erizado de estacas. Luego de hundirse hasta los tobillos en un lodo escamado de yesos, alcanzó la calle. La idea de volver a atravesar la ciudad por los caminos de árboles y columnas para llegar a las lejanías de Estrella se le hizo inadmisible. Su cansancio estaba más allá del cansancio. Era un denso sopor de todos los miembros, que aún se le movían, como llevados por una energía ajena. Estaba resignado a abandonar la lucha, a detenerse de una vez y esperar lo peor; y sin embargo seguía andando sin rumbo, de acera a acera, extraviado en la calle que mejor conocía. Se hubiera dejado caer al pie de aquel árbol, sin esos ladridos obstinados, sordos, próximos a sus tobillos, que lo seguían. Recordaba algunos solares yermos, entre cuyos matojos podría ocultarse y dormir. Pero resultaban demasiado remotos para su fatiga. El único dinero que poseía era el billete falso que Estrella le había devuelto, y sería rechazado en todas partes, promoviendo peligrosas disputas. Su anterior alojamiento estaba vigilado por los "otros". En los hoteles baratos había que pagar por adelantado; para entrar en los grandes, con el ánimo de largarse por las malas al día siguiente, su aspecto era demasiado lamentable. ¿Por qué no tenían los hombres de hoy aquella antigua providencia de "acogerse a sagrado", de que se hablaba en un libro sobre el Gótico? ¡Oh, Cristo! ¡Si al menos estuviesen abiertas tus Casas, en esta noche inacabable, para caer sobre las losas en la paz de las naves, y gemir y liberarme de cuanto tengo encubierto en el corazón...! ¡Oh, yacer de bruces en el suelo frío, con este peso de piedra que arrastro —la mejilla puesta en la piedra fría, las manos abiertas sobre la piedra fría; aliviada mi fiebre, y esta sed, y este ardor que me quema las sienes, por la frialdad de la piedra...!

Una iglesia se iluminó en la noche, rodeada de ficus y de palmeras, rebrillando por todos los florones de su campanario blanco, más espigado sobre las luces que le salían de las gramas. Se le encendían los vitrales; se le prendían las púrpuras y los verdes del rosetón mayor. Y, de súbito, se abrieron las puertas de la nave, a cuyo altar resplandeciente de cirios conducía un camino de alfombras encarnadas (1). El acosado se acercó lentamente a la Casa ofrecida; pasó bajo la ojiva de uno de sus pórticos laterales, y se detuvo, deslumbrado, al pie de un pilar cuya piedra rezumaba el incienso. Las manos buscaron el frescor del agua bendita, llevándola a la frente y a la boca. Sonó un órgano, levemente, como en prueba de altos registros. Allá, plantada en

(1) En los años 30-40, época en que transcurre la acción de esta novela, las grandes bodas habaneras solían celebrarse de noche. (N. del A.)

un ara de encajes, se alzaba la Cruz, dibujada en claro por el cuerpo de Cristo. Tal era el pasmo del hombre ante la realidad venida a su ruego, que no podían musitar sus labios las plegarias aprendidas del pequeño libro. Sólo miraba; miraba interminablemente lo que para él ardía, fuera de la noche del miedo. Avanzaba de pilar en pilar —como antes hubiera andado de un árbol a otro árbol— acercándose con timidez, paso tras paso, a la Mesa de la Eucaristía. Cada tránsito, cada estación, lo libraban de una túnica de espantos. Se detenía, aliviado, aspirando deleitosamente el aire oliente a ceras derretidas, a barnices usados en la reciente restauración de una Ultima Cena. Descansaba los dedos en el barandal del púlpito, en la madera de un confesionario, con la impresión de palpar una materia preciosa. Por vez primera sabía —sentía— lo que podía ser una iglesia, llevando su carne, cada vez más llevadera, a lo largo del arca mística, hacia El que sangraba por sus clavos y las espinas de su corona, sobre manteles cubiertos de flores... "¿Es usted un invitado?" —preguntó una voz queda, a sus espaldas. "Soy un invitado" —respondió, sin volverse, oyendo luego como se alejaba un andar en sordina. Pero, detrás de él, un gran murmullo, iniciado en el atrio, se hacía cada vez más sonoro al llegar bajo las bóvedas. Estaba cerca de la sacristía, cuando percibió ese rumor, de repente, como si le hubieran vuelto los oídos, tras de una vertiginosa ascensión a las cimas del universo. Entraban mujeres vestidas de claro, hombres de gran ceremonia, niñas con ramos en las manos: gente que no lo miraba, que no lo veía, moviendo, bajo las luces, un tornasol de lazos y de vuelos. El acosado comprendió por qué las naves se habían iluminado en la noche: ahora vendría la novia, sonarían grandes marchas, se pagarían arras, se impondrían anillos, y el santuario, vacío de nuevo, volvería a las sombras. Cuando todo terminara, hallaría, por fin, quien quisiera escucharlo. Esta casa era de asilo y amparo. El párroco, sin duda, conocería al Personaje cuya casa en demolición estaba tan próxima. Después de oír las abominables verdades que habrían de salir de su boca —lo diría todo; todo, como debe decirse a Quien nada puede ocultarse—, encontraría, tal vez, una ayuda en el confesor. Sonó el órgano en registros de epitalamio, y hubo un gran movimiento hacia el cortejo que se dirigía al altar. Envuelto en las penumbras de una capilla, el acosado asistía a la ceremonia, como en sueños, siguiendo los movimientos del oficiante. Interminables le parecían los ritos y lecturas, aunque se repitiera cien veces que su impaciencia era sacrílega, y que no era él quien estaba autorizado a opinar acerca de lo que ocurría bajo los clavos de la Cruz. Cantaron otra vez, con triunfales bramidos, los tubos del órgano. Y fue la dispersión, por grupos que demasiado demoraban en salir. Se fueron extinguiendo las luces; volvieron las sombras a la nave mayor, en tanto que cerraban, allá lejos, las altas puertas. Algunas siluetas diligentes se doblaron para enrollar las alfombras, mientras otras descolgaban adornos y volvían a alinear los bancos. Cuando aquella gente acabó por marcharse, fue el silencio: un gran silencio ardido de luminarias que alumbraban levemente las imágenes santas: el Cristo en Epifanía, el Cristo Sangrante y el Cristo en la Cena de los Apóstoles cuyos barnices demasiado frescos estaban jaspeados de reflejos... El hombre esperó durante largo tiempo, sin atreverse a entrar en la sacristía, donde una presencia se manifestaba en un cerrarse de armarios, con leves choques de objetos metálicos. Pero, de pronto, la corpulenta traza del párroco se irguió en el marco de la puerta, vestida de sotana clara. "¿Quién anda ahí?" preguntó, con voz enérgica, echando mano a una pesada palmatoria. El acosado salió de las sombras, agobiado por la idea imprevista de que podía ser tomado por un ladrón.

Como queriendo explicarse, mostró el libro de la Cruz de Calatrava. El sacerdote lo miraba, desconfiado, dejando en suspenso un leve ademán de defensa. Alguien trataba de hablarle, ahora, caído de rodillas, apretando el tomito obscuro entre las manos crispadas. Pero los sollozos entrecortaban sus frases, que no acababan de tener sentido, recayendo siempre en las mismas ideas de culpa y de abominación de sí mismo. Atónito, el párroco oía aquella voz enronquecida, que se rompía en llantos y resoplidos, acusándose de crímenes obscuros, de infernales perpetraciones, sin tratar de entender. El conocía, por oficio, las crisis de quienes podían permanecer un día entero con los brazos en aspas, al pie de la Virgen de los Dolores, reclamando para sí los puñales que en sus heridas llevaba; o aquellos otros que narraban sus obsesiones como si las hubiesen vivido, volviendo a empezar cuando ya eran absueltos —confesándose cada mañana en una parroquia distinta, para contar lo mismo; o aquellos otros que se arrastraban de rodillas en el suelo de las iglesias, con varios escapularios en el pecho, afanándose de modo irritante en cargar con las andas de las procesiones— en meter el hombro para el Nazareno, con desmedidos alardes de fervor. Eran los mismos que, cuando enfermaban, se iban a las Vírgenes

Falsas, a los santos de caras negras, llamándolos por nombres bárbaros. "Mañana" —decía, pensando en tales feligreses. "Mañana. Ven a confesarte mañana." Y mientras más insistía el hombre, más apretaba la repetición del: "mañana, mañana, mañana", acentuada por una impaciencia que se tornaba enojo. Su mirada se detuvo, de pronto, en el pequeño libro de la Cruz de Calatrava que el arrodillado había dejado caer al suelo: a pesar del "imprimatur" rubricado en buena y debida forma, tales libros eran de los que se ofrecían entre muñecos vestidos de rojo, cencerros sacrílegamente marcados con un JHS, y cabezas de barro con ojos de caracoles, en las tiendas de brujerías. Las oraciones eran buenas, pero se recitaban con el pensamiento puesto en herejías de santeros, pidiéndose cosas que no podían pedirse en una iglesia. La cólera enrojeció el rostro del párroco. Con garra vigorosa levantó del suelo al que seguía hablando, y lo condujo firmemente, a través de la sacristía de los arcones, hasta la puerta trasera, que quedó cerrada con su ancho cuerpo. "Mañana" —dijo, por última vez, suavizando el tono. "Y recuerda que debes venir en ayunas; no comer nada después de que hayan dado las doce." Varias vueltas de llave sonaron tras de la puerta. Luego, el batiente quedó asegurado con un madero. De súbito se apagaron todas las luces de la fachada, se obscurecieron los rosetones, y la iglesia se hizo una con las sombras de las palmeras y los ficus, repentinamente agitados por un viento que olía a lluvia. "No comer nada, después de que hayan dado las doce."

Andar de nuevo, tambaleándose, tropezando con todo —lastimado por las rayas de las aceras, por las raíces, por una piedra puesta donde su pie había de golpearlas— con una última idea: todavía debían estar encendidos los cirios, allá, junto al ataúd de la vieja. Y alumbrarían hasta el alba, donde ya lo habían visto, donde no asomaría una cara nueva. Subir, estrechar otra vez las manos de los parientes, repetir el: "Lo acompaño en su sentimiento", y caer sobre el jergón del Mirador, sin preocuparse por los empellones dados desde adentro. Hasta después del entierro no lo molestarían. La casa no estaba lejos, ya que ésta era la calle de la talabartería del faetón, de la imprenta de tarjetas de visita. Apresuraba el paso, haciendo un nuevo esfuerzo, cuando dos manos nerviosas lo agarraron desde atrás, por los codos. Una conocida voz sonaba sobre su nuca resignada a recibir el tajo. "Quiero abrazar a un hombre" —dijo el Becario, soltándolo para tambalearse hacia él. Y, borracho, mimando la admiración con sesgados alejamientos del rostro, hablaba de elevar un monumento a la gloria de los que conservaban, en tales tiempos, un espíritu heroico. "Necesitamos hermandades selladas por la sangre" —gritaba, sin hacer caso de quien pretendía acallarlo, clamando por muertes y escarmientos necesarios. Pedía que se le diera una oportunidad en la próxima empresa, haciendo ademán de disparar con las dos manos. Quiso llevar el acosado hacia las crudas luces de una fonda llena de gente. "Tráeme algo de comer" —imploró el otro, permaneciendo en la sombra de un pino. (Tiempo faltaba para que diesen las doce: quería demostrar a Alguien, mirando a un reloj, que no infringía la regla impuesta a quienes gemían por acercarse al Incruento Sacrificio.) El Becario, olvidado del ruego, regresó con una botella de aguardiente. Ambos fueron hacia el mar, que cerraba la avenida y se rompía con sordos embates en una franja de arrecifes... Y ahora estaban sentados, lado a lado, en aquel antiguo baño público, en cuyas albercas rectangulares, cavadas en la roca, morían las olas llegadas por un angosto corredor ennegrecido de erizos. La casona de madera, con los techos hundidos donde le faltaban pilares, crujía por todas sus tablas desclavadas ante los repentinos empellones del viento. Una fosforescencia entraba, de pronto, en la piscina mayor, como una flotante colada verde, iluminando un fondo carcomido, cariado de alvéolos, donde asomaban la cabeza, entre lapas con lomo de orugas, las morenas en acecho. Apagábase la flotante exhalación y toda caía en tinieblas. "Debemos volver al sacrificio humano" —desbarraba el Becario—, "al teocalli donde el sacerdote exprime el corazón fresco, jugoso, antes de arrojarlo al pudridero de otros corazones; debemos volver al horror sagrado de las inmolaciones rituales, al pedernal que penetra las carnes y levanta los costillares..." El acosado conocía las retóricas del Becario, desde los días en que ambos habían estudiado en el mismo instituto de provincia, haciendo grandes proyectos para el futuro. "Somos de este mundo" —divagaba ahora, con la lengua cada vez más torpe— "y a sus tradiciones primeras hemos de regresar. Necesitamos caudillos y sacrificadores, caballeros águilas y caballeros leopardos; gente como tú". Varios relámpagos en sucesión iluminaron, de pronto, la barraca de pinotea, desteñida de verde, ruinosa, roída por los comejenes, donde yacían ambos, a la orilla de charcas hediondas a algas encalladas, a moluscos muertos al sol, a mar enturbiada por los desperdicios de la ciudad. "Tengo hambre" —gemía el acosado, de cara al suelo. "Bendito quien tiene hambre" —dijo el Becario— "en esta ciudad de ahítos, de abrazados a sus vientres". Y era, ahora, el elogio de los que se purificaban por las privaciones, las pruebas pasadas, alzándose hacia las órdenes de caballería. La fatiga del otro era tal, que oía hablar al borracho sin tratar de seguirlo en sus divagaciones, gozándose de la única satisfacción que le quedaba en esta miseria: la de sentir cerca la presencia de una voz que no fuera una advertencia de peligro. El Becario le ofrecía la botella. Pero la idea de tragar aquel líquido quemante, sin consistencia ni densidad, ni durezas que mascar y sentirlo pasar por la garganta, le daba tales náuseas que fingía llenarse la boca, con chasquidos de la lengua, tapando el gollete con la palma de la mano, para que el olor no lo hiciera vomitar. "El superhombre" —decía el otro. "El superhombre... La voluntad de poder", con las ideas tan anebladas que no podía seguirse a sí mismo en la exposición de una obscura teoría que quedaba en jirones de frases, entrecortados por gruñidos coléricos y confusos insultos, destinados a gentes innombradas. El acosado resolvió dejarse dormir: el Becario, bebida la botella, acabaría por dormirse también, o por marcharse, sin recordar donde había estado ni con quien. Se desciñó el cinto, zafó su cuello, puso en el suelo la pistola —que demasiado le pesaba— dejándose yacer, de espaldas, con los ojos cerrados, mientras sus oídos se alejaban de las palabras del otro, como se aleja el niño amodorrado de la canción de cuna, cuyas palabras se esfuman y borran... Cuando ya se hundía en su sueño agitado, el otro lo asió por el brazo, desovillándolo en un sobresalto. Cerca de ellos, un hombre y una mujer estaban trabados en una misma silueta. La cabeza alta se doblaba sobre la otra, en un envolvente afán de brazos que se estrechaban. A la claridad de un relámpago, pareció que ambos fuesen negros. El vestido de ella echó a volar, cayendo de mangas abiertas, con un vaho de vetivert. El hombre la estrechó por la cintura, quebrándola sobre un banco, y un nuevo relámpago iluminó, por un segundo, un cuerpo en metamorfosis, cuyo machihembramiento movido de bramidos sordos más parecía el cumplimiento de un rito cruento que un abrazo deleitoso. De pronto, aquella carne anudada rodó del banco, con desplome de odre caído, sin dividirse ni separarse. "¡Son nuestra fuerza!" —clamó el

Becario. "¡Son nuestra fuerza!" Las sombras se enderezaron. El hombre avanzó hacia quien había gritado, en actitud agresiva, en tanto que la mujer se agazapaba en un rincón, pidiendo su traje. El acosado se escurrió hacia la calle, mientras un ruido de golpes en carne blanda le hizo pensar que el Becario recibía puñetazos que no devolvía. De súbito retumbó un largo trueno y fue la lluvia. Una lluvia tibia, compacta, rápida, de las que barren de lo alto, dejando la tierra cubierta de coágulos polvorientos. Agarrado por el chaparrón, el fugitivo echó a correr hacia la casa del Mirador. Pero era tanta el agua que ahora se derramaba de los aleros, rebosando las goteras, cayendo en chorros sobre las aceras, que se precipitó a entrar en un café próximo a la Sala de Conciertos, impulsado por un instintivo escrúpulo de conservar la decencia última de su traje obscuro. Dos hombres, al verlo, se levantaron. El acosado comprendió, por la concertación de las miradas, el lento enderezo, el gesto llevado al bolsillo del corazón, que se levantaban para ejecutarlo. Su mano buscó la pistola, crispándose sobre su ausencia: el arma había quedado allá, en el suelo del baño público. Una ambulancia llegaba a todo rodar, aullando por sus sirenas: el emplazado se arrojó delante de ella, empavorecido, corriendo hacia el vestíbulo de la Sala de Conciertos. La ambulancia, brutalmente frenada, había quedado entre su cuerpo y los gestos que estaban en suspenso a la altura del bolsillo del corazón.

III

(...Y los músicos con esos instrumentos que parecen grandes resortes terminaron de tocar su música de jaurías bendecidas, su misa de cazadores; luego el silencio, tantas veces "escuchado" en las terribles soledades del Mirador —cuando la simple persona de un fijador de hilos telefónicos, izado hasta su flora de aisladores verdes, al nivel de mi azotea, cobraba los poderes del Angel de la Muerte; tras de una pausa, es la otra música, la música a saltitos, con algo de esos juguetes de niños muy chicos que por el movimiento de varitas paralelas ponen dos muñecos a descargar martillos, alternativamente, sobre un mazo; ahora vendrán los valses quebrados, los gorjeos de flautas, y serán las trompetas, las largas trompetas, como las embocaban los ángeles dorados del órgano de la catedral de mi primera comunión; minutos, minutos nada más; luego todos aplaudirán y se encenderán las luces, todas las luces; y habrá que salir por una de las Cinco Puertas; tres atrás de mí, que serán como una sola; dos hacia el parque, que serán como una sola; ellos, los dos, esperarán afuera, fumando, con las manos atentas. Salir envuelto en gente; poner cuerpos alrededor de mi cuerpo. Pero esos cuerpos se cruzarán, desordenarán su cerco, en presurosa dispersión; dejará de verse la mujer del zorro; atravesará el parque, solo, inútil por estar solo, el hombre de más allá; se irá el de adelante, cuyo cuello no quiero mirar; y el de la izquierda, con sus resoplidos, y el alto de las rodillas inquietas, y los novios que escuchan con el ceño fruncido, agarrados de manos; y quedaré solo sobre el largo inacabable de la acera de granito mojado, resbaloso, malo para correr; estaré solo, en campo descubierto, sin arma, ante los que ahora sí tendrán el tiempo de llevarse las manos al bolsillo del corazón, de apuntar, de apretar los gatillos sin prisa, de vaciar los peines en una sola andanada. ¡Oh! el aullido, la mirada de aquel que rodaba delante, aquella vez, con el cuello marcado de acné —cuello tan semejante a este cuello que había de encontrarse aquí, más cerca que el otro, cuando lo puse en la mira de mi arma de cañón acortado... Los de afuera, los que me esperan, también miraban hacia el cuello marcado de acné —no mirarlo, no mirarlo. "Quita el seguro" —dijo el alto, el que nunca olvidaba lo que debía hacerse en esos momentos, arrumbando luego la huida— "derecha, siempre derecha", "pasa el camión", "por la izquierda", "el túnel, ahora", "cuidado"— sin toparse nunca con un obstáculo, una estación de policía, o las barreras de una vía de ferrocarril; el alto que está afuera, esperando a que todos aplaudan y se enciendan las luces, con los ojos puestos en las tres puertas que son como una, o en las dos puertas que son como una, desde la esquina, donde se puede mirar, a la vez, a las cinco puertas. "Quita el seguro" —dirá, cuando revienten los aplausos y se enciendan las luces, y los porteros descorran las cortinas rojas haciendo sonar las argollas en sus barras, como fichas de póker... Los palcos, todos rojos en su penumbra; el raso encarnado de las sillas; el terciopelo carmesí de los barandales; el color vino de las alfombras; palco como casa, como alcoba, como lecho de altos bordes; acostarme en el suelo, sobre el olor del polvo, la mejilla entre las tachuelas del rincón, hundida la cabeza en la obscuridad, las piernas debajo de las sillas, como bajo techo, como bajo tejado, rojo como las tejas de la sastrería; echarme como perro, en lo muelle, lo envuelto, en lo que ablanda el suelo; volver a las chozas de la infancia, hechas de tablas, de retazos, de cartones, donde me agazapaba en días de lluvia, entre las gallinas mojadas, cuando todo era humedad, borbollones, goteras —como ahora—, y no respondía a los que me llamaban, haciéndome gozar mejor de mi soledad en penumbras no responder cuando me llamaban, saberme buscando donde no estaba... Ya hemos llegado a los valses quebrados, que nunca acaban de ser valses, a los gorjeos de las flautas; pronto serán las trompetas, las largas trompetas, y la mujer del zorro recoge ya su zorro y se alivia de algo que la molesta bajo las faldas, creyendo que todos miran hacia la orquesta; y es, en todo el público que está como en la iglesia, el casi imperceptible vuelo de manos, de mangas, de dedos vueltos al cuerpo, el enderezo, el recuento de lo traído, que acompaña en la iglesia el "Ite misa est". Respiro a lo hondo, serenado, muy serenado; encontré por fin lo que era tan fácil, tan fácil, mucho más fácil: lo único fácil. No saldré. Aplaudirán y se encenderán las luces, y será la confusión bajo las luces. Recogerán sus cosas, se subirán las pieles; cuidarán de lucir sus alhajas, se despedirán por encima de las filas, diciendo que todo estuvo magnífico, y formarán grupos, hileras lentas, hacia la salida; y será fácil ocultarse tras de las cortinas de un palco, y esperar a que todos se hayan marchado; esperar que los porteros cierren las puertas de los palcos, después de ver si algo ha quedado olvidado en los asientos. Y creerán los dos que he salido con el público, revuelto, envuelto; creerán que mi cara se les ha perdido entre tantas caras, que mi cuerpo se ha confundido con demasiados cuerpos juntos para que pudieran verlo; y me buscarán afuera, en el café, bajo las pérgolas, tras de los árboles, de las columnas, en la calle de la talabartería, en la calle de la imprenta de tarjetas de visita; pensarán, a lo mejor, que he subido al piso de la vieja, por ocultarme entre las negras gentes del velorio; acaso subirán, y verán el cuerpo, encogido en su caja de tablas de lo peor; acaso me busquen hasta en el Mirador, sin sospechar que mis cosas puras, mis cajas de compases, mis primeros dibujos, están dentro del baúl. No pensarán que he permanecido aquí. Nadie se queda en un teatro cuando ha terminado el espectáculo. Nadie permanece ante un escenario vacío, en tinieblas, donde nada se muestra. Cerrarán las cinco puertas con cerrojos, con candados, y me echaré sobre la alfombra roja del palco aquel —donde ya se levantan los de atrás— ovillado como un perro. Dormiré hasta después de que amanezca; hasta después de la claridad de las diez; hasta después del mediodía. Dormir: dormir primero. Más allá empezará otra época.)

"Luego de ese prodigioso Scherzo, con sus torbellinos y sus armas, es el Final, canto de júbilo y de libertad, con sus fiestas y sus danzas, sus marchas exaltantes y sus risas, y las ricas volutas de sus variaciones. Y he aquí que, en su medio, reaparece la Muerte, que es el más allá de la Victoria. Mas, otra vez, la Victoria la rechaza. Y la voz de la Muerte se ahoga bajo los clamores del júbilo..." En fortissimo descendían ahora las cuerdas y las maderas del "Presto", para abrirse a ambos lados de un alegre concierto de cobres. "¿Puedo abrir ya?" —preguntó el acomodador, viendo que el taquillero cerraba un libro con gesto irritado, sin atender ya a lo que sonaba tras de la cortina de damasco raído. Todo lo exasperaba esta noche: la sinfonía perdida, el olor de la lluvia en su único traje, las formas de la carne palpada que aún le entibiaban las manos; el deseo presente en latidos, el despecho de no poderlo aplacar, las penurias de su vida obscura —"detrás de las rejas..."— y la tristeza del cuarto en desorden que ahora lo esperaba para hacerle más ingrato el insomnio. La emprendía a media voz con Estrella, tratándola de lo que era. Y le volvían sus plantos acerca de la Inquisición y las cosas que había dicho bajo amenaza; seguro que había delatado a alguien; a alguien que se hubiera confiado a ella, olvidando que la ramera siempre es ramera, y basura su apellido; seguro que por haber delatado, trataba de encontrar disculpas en el aturdirse hablando: "que si no iba a la cárcel de mujeres; que si no se iba del barrio; que si querían saber ahora hasta con quién buscaba vida". Y la había escuchado sin comprender, sordo para todo lo que no fuera el apremio de su deseo. Dio un puñetazo en la gaveta de los dineros, repitiendo, sin saciarse, el insulto que mejor le sonaba, desde que se viera echado de la casa por falta de unas monedas. A su izquierda, junto al "Beethoven, las grandes épocas creadoras", se estampaba en un cartel orlado de medias cañas el artículo de la reglamentación nacional de espectáculos: "El encargado de la venta al público de las localidades se hará cargo, con la debida antelación, del billetaje sellado, para su revisión y corrección de las faltas o dudas que hubiese, haciendo entrega de la recaudación debida dentro de su horario, para lo cual cerrará la taquilla media hora antes de la terminación de su jornada." Llovía de nuevo, y el rumor del agua en los árboles cercanos, en las aceras, en el granito de la escalinata, se confundía con el ruido de aplausos que se levantaba dentro del teatro. "Abre" —dijo el taquillero, pasando llave a su puerta: "El director es infecto; llevó la Sinfonía de tal modo que no debe haber durado sus cuarenta y seis minutos." Miró hacia la azotea de la vieja; pronto iría a cerciorarse de que no era ella quien había muerto. El público se apresuraba a salir de la sala, por temor a que el turbión arreciara, con esos vientos venidos del mar, que se anticipaban a los malos tiempos anunciados, en esos días, por el Observatorio. Se cerraron las puertas laterales y sólo quedaron algunos indecisos, discutiendo de la interpretación, entre los espejos y alegorías del vestíbulo.

Entonces, dos espectadores que habían permanecido en sus asientos de penúltima fila se levantaron lentamente, atravesaron la platea desierta, cuyas luces se iban apagando, y se asomaron por sobre el barandal de un palco ya en sombras, disparando a la alfombra. Algunos músicos salieron al escenario, con los sombreros puestos, abrazados a sus instrumentos, creyendo que los estampidos pudieran haber sido un efecto singular de la tormenta, pues, en aquel instante, un prolongado trueno retumbaba en las techumbres del teatro. "Uno menos" —dijo el policía recién llamado, empujando el cadáver con el pie. "Además, pasaba billetes falsos" —dijo el taquillero, mostrando el billete del General con los ojos dormidos. "Démelo" —dijo el policía, viendo que era bueno: "Se hará constar en el acta."

Caracas, 20 de febrero de 1955.